GOLDMANN

Buch

Im Herbst 1914 erschien von James Stephens, einem Zeitgenossen und Freund von James Joyce, dieses Märchen für Erwachsene, das sich später als richtungweisendes Werk irischer Prosa erwiesen hat. Der Autor besitzt einige sehr irische Eigenschaften: Phantasie, Erzählfreude und Humor, aber vor allem einen tiefen Sinn für Poesie, die aus seinen Naturschilderungen oftmals aufflackert wie Elmsfeuer.

Stephens berichtet von den Wanderungen des struppig-listigen Kesselflickers Patsy Mac Canns und seiner eher stillen Tochter Mary über die heckengesäumten Wege Irlands. Eines Tages landen unweit ihres Eselkarrens drei herrlich gekleidete Engel, und Mary, der der jüngste Engel besonders gut gefällt, setzt sich dafür ein, daß sie mit den Mac Canns mitziehen dürfen, nachdem ihre goldenen Gewänder vergraben sind. Die Engel, überirdische Gegenspieler der Kesselflicker Mary, Patsy und seiner Geliebten Eileen, wollen das Verhalten der Menschen studieren. Sie lernen, wie man sich auf Erden ernährt, und daß dies mühsam ist, besonders mühsam in einer kapitalistischen Gesellschaftsordnung.

Autor

James Stephens (1882–1950), Dubliner von Geburt, ist Autor zahlreicher Gedichte, Erzählungen und Romane. Ihm, dem Zeitgenossen und Freund von James Joyce, wurde für seine *Deirdre* 1924 der Preis für Gälische Literatur verliehen.

Im Goldmann Verlag ist außerdem lieferbar:

Deirdre.
Eine irische Saga von Liebe und Tod (9072)

James Stephens

UNTER IRLANDS HIMMELN

Roman

Übersetzt
und mit einem Vorwort versehen
von Isabella Nadolny

GOLDMANN VERLAG

Die englische Originalausgabe
erschien unter dem Titel »The Demi-Gods«.

Der Goldmann Verlag
ist ein Unternehmen der Verlagsgruppe Bertelsmann

Made in Germany · 10/89 · 1. Auflage
Genehmigte Taschenbuchausgabe

Umschlaggestaltung: Design Team München
Umschlagillustration: Tilman Michalski, München
Satz: IBV Satz- und Datentechnik GmbH, Berlin
Druck: Elsnerdruck, Berlin
Verlagsnummer: 9444
UK · Herstellung: Sebastian Strohmaier
ISBN 3-442-09444-5

INHALT

FÜR THOMAS BODKIN

VORWORT DER ÜBERSETZERIN

Im Herbst 1914 erschien von James Stephens, einem Zeitgenossen und Freund von James Joyce, diese »Kesselflickergeschichte«, ein Märchen für Erwachsene, das sich später als richtungweisendes Werk irischer Prosa erwiesen hat. Der Autor – er starb 1950 – besitzt einige sehr irische Eigenschaften: Phantasie, Erzählfreude und Humor, aber vor allem einen tiefen Sinn für Poesie, die aus seinen Naturschilderungen oftmals aufflackert wie Elmsfeuer.

Stephens berichtet von den Wanderungen des struppig-listigen Kesselflickers Patsy Mac Cann und seiner eher stillen Tochter Mary über die heckengesäumten Wege Irlands. Eines Tages landen unweit ihres Eselskarrens drei herrlich gewandete Engel, und Mary, der besonders der jüngste Engel gut gefällt, setzt sich dafür ein, daß sie mit den Mac Canns mitziehen dürfen, nachdem ihre goldenen Gewänder vergraben sind.

Die Engel, überirdische Gegenspieler der Kesselflicker Mary, Patsy und seiner Geliebten Eileen, wollen das Verhalten der Menschen studieren. Sie lernen, wie man sich auf Erden ernährt, und daß dies mühsam ist, besonders mühsam in einer kapitalistischen Gesellschaftsordnung. Mac Cann erklärt sie ihnen und meint, man müsse auch, um am Leben zu bleiben, gelegentlich etwas finden, das noch niemand verloren hat.

Die Kesselflicker und die Engel lagern nachts im Freien um einen Blecheimer mit Torffeuer. Bei Platzregen suchen sie manchmal Zuflucht in einem verlassenen Haus ohne Fenster. Phantastische Berichte aus Himmel und Erde vertreiben die Kälte und würzen ihr karges Mahl. Erzählen nämlich können sie alle, auch die skurrilen Gestalten, denen sie begegnen. In ihren von Gleichnissen strotzenden Fabeln macht sich der Autor lustig über die Yeats'sche Apokalypse, über so manche mystische Doktrin der Kabbalisten und Theosophen (deren Denkrichtung ihm durchaus sympathisch war).

Da werden Welten geschaffen, da stürzen zwei Verdammte durch das All von Stern zu Stern, da versucht ein böser Magier, die Fortentwicklung des Universums aufzuhalten. Da gibt es juristische Mißhelligkeiten in der Hölle, da wird einer von der Eifersucht geheilt und ein anderer von der Geldgier, ja sogar der reizende Esel und eine resolute Spinne lassen uns Einblicke in ihr Gefühlsleben tun. Ist es Zufall, daß auch der Spötter G. B. Shaw Ire war?

Eines aber ironisiert Stephens, dieser Schalk und Mystiker, nicht: die Liebe zum Menschen und zur Kreatur, die stumme, geheime Zärtlichkeit in dieser Welt der Armen.

Der jüngste Engel wird bei Mary bleiben, und das macht die Erde, wenigstens vorübergehend, zu einem hoffnungsvolleren Ort.

Isabella Nadolny

BUCH I

PATSY MAC CANN

1. KAPITEL

Nun laß schon endlich den Esel«, sagte Patsy Mac Cann zu seiner Tochter. »Es ist wirklich unerhört«, fuhr er verdrossen fort. »Ich sag dir, was du mit dem Vieh treibst, brächte den frömmsten Christen zum Fluchen, aber bestimmt.«

»Nun laß mich doch«, entgegnete sie. »Wenn ich dir damit was täte, na ja, aber ich hab den Esel eben gern, wen geht das was an?«

»Die Sache ist die, ich seh's nicht gern, wie eine Frau einen Esel auf die Schnauze küßt. So was ist wider die Natur und den Anstand.«

»Was du schon von Natur und Anstand verstehst. Laß mich doch in Ruh und überhaupt, hat's der Esel etwa nicht gern?«

»Das ist kein Grund. Was ein Esel gern hat oder nicht, ist das Allerunwichtigste auf der Welt, und überhaupt liebt er nur Karotten und Steckrüben.«

»Der hier nicht«, beharrte sie.

»So 'nen Esel könnte man bis zum Tag des Jüngsten Gerichts küssen, und er würde es nicht merken.«

»Der hier merkt es.«

»Einen alten Esel küssen!«

»Irgendwas muß man doch küssen.«

»Dann küß in Gottes Namen mich, dann hast du's hinter dir«, sagte er.

Sie sah ihn verdutzt an.

»Dich küssen? Wozu? Du bist doch mein Vater und uralt.«

»Also du machst mir Spaß, aber wirklich. Jetzt nimm

dem Tier die Scheuklappen ab und laß es fressen, Gras ist ja genügend da. Und es ist weiß Gott gutes Gras.«

Mary machte sich an den Scheuklappen und dem Zaumzeug zu schaffen, während ihr Vater weiterredete: »Ich wünsch mir nur, daß Christenmenschen Gras fressen könnten wie die Tiere, dann gäb es auf der Welt keine Sorgen mehr. Hörst du mir eigentlich zu, Mary, oder hörst du dem Esel zu?«

»Nein, ich höre dir zu.«

»Ich sage dir, wenn jeder Mensch genug zu essen hätte, gäbe es keine Sorgen mehr auf der Welt, und wir könnten alle satt werden. Was hast du denn im Korb?«

»Den Laib Brot, den ich in Knockbeg im Laden gekauft habe, und den halben Laib, den du der Frau aus dem Schaufenster gestohlen hast, er ist frischer als der andere.«

»Es war Fügung«, sagte der Vater. »Den essen wir zuerst, dann kann keiner ihn mehr zurückfordern. Was hast du noch?«

»Die Steckrübe, die ich auf dem Acker fand.«

»Steckrüben sind sehr nahrhaft, das Vieh wird im Winter fett davon.«

»Und ich hab zwei Handvoll Kartoffeln, die du bei der Wegbiegung aufgesammelt hast.«

»Die brat in der Asche, nur so kann man Kartoffeln richtig garen. Wie essen wir denn heute abend?«

»Erst essen wir die Steckrübe, dann essen wir das Brot und danach die Kartoffeln.«

»Die werden fein schmecken. Ich werde dir die Rübe schnitzeln, mit dem Klappmesser von dem Matrosen.«

Der Tag war zu Ende gegangen. Noch waren die Sterne nicht erschienen, ebensowenig der Mond. Fern im Westen hing eine rote Wolke über dem Horizont wie ein riesenhafter Wal und wurde von Sekunde zu Sekunde blasser, bis sie kaum mehr war als ein rosiger Schein. Hoch droben türmten sich Wolken aus Perlmutt und Schnee, sanken herab und segelten davon in leichtem Fluge. Es herrschte Zwielicht, ein Zwielicht von solcher Stille, daß man die leise Stimme der Welt durch Blatt und Zweig flüstern hörte. Es ging kein Wind, der die Äste hätte bewegen, die üppigen Gräser hätte tanzen lassen können, und doch herrschte überall ständige Bewegung und ein nie verstummendes Geräusch. Ringsum gab es auf Meilen in der Runde keine menschliche Behausung, und nichts regte sich, außer wenn ein Vogel niederstieß und auf dem Heimflug wieder emporstieg oder ein Käfer träge vorübertorkelte wie eine matte Flintenkugel.

Mary hatte den Esel losgeschirrt und forderte ihn mit zärtlichem Kuß auf, sich sattzufressen. Einen Augenblick lang stand er da und ließ Ohren und Schweif hängen, dann hob er beides, warf den zottigen Kopf in den Nacken, entblößte die kräftigen Zähne und schrie zwei Minuten lang durchdringend. Nach Erledigung dieser Pflicht tat er ein paar Schritte, beugte sich zum Gras herab und begann mit einem Eifer zu fressen, daß man meinen konnte, es sei ihm trotz seiner vielen Eselsjahre etwas Neues.

»Die Stimme von diesem Vieh geht mir auf die Nerven«, bemerkte Patsy.

»Er hat ein kräftiges Organ, das stimmt. Gott segne ihn. Setz dich hier an die Hecke und mach Feuer, ich richte alles her, in ein paar Minuten wird es Nacht, und zwar eine kalte Nacht.«

Während sie geschäftig zwischen Karren und Hecke hin und her ging, machte sich ihr Vater daran, in einem verbeulten Eimer ein Torffeuer anzuzünden. Als es in Gang gekommen war, zog er eine Pfeife aus der Tasche, schwarz wie Kohle, mit halb abgebrochenem Stiel, die steckte er in den Mund. Er schien tief in Gedanken, seine Augen blickten auf das Gras, und seine Stimme klang sinnend, als er sagte: »Weißt du, was ich täte, Mary, wenn ich hier neben mir auf der Wiese eine Flasche Porter stehen hätte?«

»Das weiß ich genau«, sagte sie, »du würdest sie austrinken.«

»Das würde ich, aber vorher würde ich das Ende meiner Pfeife hineinstecken, die ist nämlich vor kurzem gesprungen und klebt an den Lippen, so was ärgert einen Mann, der rauchen will, und wenn ich sie in den Porter stecken könnte, wäre sie wieder heil. Nun, ich nehme nicht an, daß du einen Schluck Porter in deinem Karren hast.«

»Nein.«

»Wenn du nämlich einen kleinen Schluck hättest, könnte ich heute abend nicht nur trinken, sondern auch noch rauchen.«

»Du machst mir Spaß«, sagte sie mürrisch.

»Vor einer Weile habe ich eine Flasche in deiner Hand gesehen«, fuhr er nachdenklich fort, »eine sehr schwere Flasche.«

»Ja, randvoll mit Quellwasser.«

»Soso«, sagte der Vater und betrachtete den fernen Horizont, an dem die rosa Wolke jetzt kaum noch rosa war und auch nicht mehr aussah wie ein riesiger Wal.

Sekunden später fuhr er in gleichgültigem Ton fort: »Du könntest mir die Flasche Quellwasser geben, *alanna*, dann kann ich mir die Lippen naß machen. Das ist gut gegen Durst, sagt man, und außerdem gesund.«

»Das bißchen Wasser hebe ich auf, damit wir uns Tee machen können, wenn wir wollen.«

»Ich nehm doch nur einen Tropfen, und den Korken werde ich auch nicht verlieren.«

»Dann hol es dir nur selber«, sagte Mary, »ich habe nämlich eine Menge zu tun und du nicht.«

Der Vater ging zum Karren, wobei er über sein festes Kinn strich, fand die Flasche, zog den Stöpsel heraus, roch daran und versuchte das Wasser. »Tatsächlich. Quellwasser«, sagte er, hieb den Korken leicht gereizt wieder in den Flaschenhals und packte die Flasche zurück auf den Karren.

»Ich dachte, du wolltest mal trinken?« fragte seine Tochter sanft.

»Wollte ich auch«, antwortete er, »aber ich kann die Tierchen nicht leiden, die im Quellwasser herumwimmeln. Hab keine Lust, sie unbesehen zu verschlucken. Ah, in den Fässern, die man im Laden kauft, findet man solches Zeug nicht, wahrhaftig.«

Sie richtete gerade die Kartoffeln her, als ein Anruf ihres Vaters sie innehalten ließ.

»Was ist denn?« fragte sie.

»Ein Vogel. Ich hab ihn sekundenlang gegen ein weißes Stück Wolke gesehen, und ich könnte schwören, daß er so groß ist wie ein Heuschober. Da ist er wieder«, fuhr er aufgeregt fort. »Es sind sogar drei.«

Kurze Zeit verfolgten sie den Flug dieser sonderbaren Vögel, doch das Zwielicht war nun fast ganz erloschen, und Dunkelheit umhüllte das Land. Sie sahen sie nicht mehr.

2. KAPITEL

Und doch war nicht weit von ihrem Rastplatz die Stelle, an der die Engel zuerst die Erde betraten.

Es ist eine sinnlose Frage, welcher Wirbelsturm, welche Flugeskapade sie auf diesen abgelegenen Hügel geführt hatte, statt an einen Ort, der ihrer Erhabenheit angemessener wäre, denn sie waren auf das Prächtigste angetan mit scharlachroter, goldener und purpurner Seide, trugen auf den Köpfen hohe Kronen, fremdartig und kunstvoll gearbeitet, und ihre Flügel, die sich drei Meter weit zu beiden Seiten spannten, spielten in vielen leuchtenden Farben.

Es muß genügen, daß sie landeten und in der Stille und Dunkelheit stehenblieben und sich umsahen. Dann sprach einer: »Art«, sagte er, »wir waren zu sehr mit Herabfliegen beschäftigt, um uns gründlich umzuschauen. Erhebe dich noch einmal ein kleines Stück und prüfe, ob ein Haus in der Nähe ist.«

Daraufhin tat einer der drei einen Schritt vorwärts und sprang sechs Meter in die Luft; seine riesigen Flügel entfalteten sich bei dem Sprung, und nach zweimaligem Schlagen umrundete er in ruhigem, lautlosem Flug den Hügel. Binnen einer Minute kehrte er zurück.

»Hier sind keine Häuser, aber ein Stück weiter unten sah ich ein Feuer und zwei Menschen, die daran saßen.«

»Wir wollen mit ihnen reden«, sagte der andere.

»Zeige uns den Weg, Art.«

»Nun denn: auf«, sagte Art.

»Nein«, entgegnete der Engel, der bisher noch nichts gesagt hatte. »Ich bin das Fliegen leid. Wir wollen zu Fuß zu der Stelle gehen, von der du sprichst.«

»Auch gut«, sagte Art, »dann gehen wir.«

Und sie schritten davon.

Rings um den kleinen Eimer mit dem Feuer, an dem Mac Cann und seine Tochter nun saßen, herrschte tiefe Finsternis. Auf die Entfernung von zwei Metern konnten sie noch etwas sehen, aber nur schwache Umrisse, ganz verschwommen. Dahinter hing die Nacht wie ein Vorhang. Die Nacht machte ihnen nichts aus, sie fürchteten sich nicht davor, sahen sie gar nicht: sie war um sie voll von Seltsamem, voller Geheimnis und Schrecken, aber sie schauten nur auf den Eimer, auf sein tröstliches rotes Glimmen.

Sie hatten das Brot und die Rübe gegessen und warteten darauf, daß die Kartoffeln gar wurden; und während sie warteten, fiel hin und wieder ein halber Satz, tat einer einen Ausruf oder einen Seufzer, und plötzlich teilte sich lautlos der dunkle Vorhang der Nacht, und die drei Engel in ihrer Herrlichkeit traten in den Lichtkreis des Feuers.

Einen Augenblick lang machten Mac Cann und seine Tochter keine Bewegung, gaben keinen Laut von sich. Dies war Schrecknis und die Schwester des Schrecknisses, Staunen. Sie starrten mit offenen Mündern: alles Leben war in ihren Augen, als sie so starrten. Aus Mac Canns Kehle kam ein Laut, der hatte keinen grammatikalischen Sinn und doch so viel Gewicht und Bedeutung wie das Knurren eines Hundes oder das Heulen eines Wolfs. Dann trat der jüngste der Fremden vor.

»Dürfen wir uns eine Weile an euer Feuer setzen?« fragte er. »Die Nacht ist kalt, und in dieser Dunkelheit weiß man nicht, wo man hintritt.«

Diese Worte ließen Patsy seine Höflichkeit wiederfinden.

»Aber klar«, stotterte er. »Setzen sich Euer Gnaden doch. Eine Sitzgelegenheit gibt es nicht, wenn Sie jedoch mit dem Gras und dem Feuerschein vorlieb nehmen wollen... Mary«, fügte er hinzu und sah sich hastig um.

Aber Mary war nicht da. In dem Augenblick, als die hohen Gestalten aus der Dunkelheit hervorgetreten waren, glitt Mary rasch und lautlos wie der Schatten einer Katze rückwärts in die Dunkelheit hinein.

»Mary«, sagte ihr Vater noch einmal, »es sind ordentliche Leute, glaube ich. Komm nur wieder vor, denn ich bin sicher, sie tun weder dir noch mir was.«

Da erschien sie wieder, so rasch wie sie verschwunden war.

»Ich hab nur nachgeschaut, ob der Esel alles hat«, sagte sie verdrossen.

Sie setzte sich wieder an das Feuer und fing an, mit einem Stock die Kartoffeln zu wenden. Es schien, als kümmere sie sich nicht um die Fremden, doch konnte sie sie wahrscheinlich sehen, ohne hinzuschauen, weil ja, wie bestens bekannt, Frauen und Vögel sehen können, ohne den Kopf zu wenden, und das ist wahrhaftig eine notwendige Gabe, denn beide sind umgeben von Feinden.

3. KAPITEL

Das Seltsame an Überraschungen ist: sie können nur einen Augenblick lang dauern. Kein Mensch kann längere Zeit überrascht sein. Selbst an ein Gespenst gewöhnt man sich innerhalb von zwei Minuten nach seinem Erscheinen, und es dauerte kaum so lange, bis Mac Cann und seine Tochter mit den Besuchern zurechtkamen. Wenn der Überraschende und der Überraschte sich gegenseitig anstaunen, bildet sich eine Verflechtung, aus der alles mögliche hervorgehen kann, weil zwei Erklärungen im gleichen Moment nötig sind, und zwei Erklärungen können ebensowenig die gleiche Stelle in der Zeit einnehmen wie zwei Körper den gleichen Raum.

Die Engel mußten also nur ihre Natur deutlich machen, und schon ordnete sich die Situation ganz natürlich.

Der Mensch ist ein Systematiker, er etikettiert, was er nicht begreift, und ordnet es ein: Geheimnisvolles ängstigt und langweilt ihn. Doch wenn er einer Erscheinung erst einen Namen gegeben hat, fliegt das Geheimnis auf und davon, und für seine Denkarbeit bleibt ihm nur die Realität. Später wird ihn möglicherweise die Realität gründlicher verwirren und ärgern als etwas Unerwartetes.

Die Mac Canns waren, soweit sie sich überhaupt zu einem Glauben bekannten, katholisch. Doch was bei ihnen noch tiefer saß: sie waren Iren. Von der Wiege an – wenn sie jemals eine andere Wiege gehabt hatten als Brust und Schulter einer Mutter – waren sie auf Wunder vorbereitet worden. Sie glaubten so leicht, wie Tiere glauben, denn die meisten Kreaturen sind gezwungen, den Dingen zu trauen, lange ehe sie sie beweisen können. Wir haben uns angewöhnt, diesen Fähigkeiten der Phantasie und Voraussage bei den weniger entwickelten Wesen das Etikett »Instinkt« zu geben und haben mit dieser Etikettierung mehr Geheimnisse über Bord geworfen, als wir uns im Leben leisten können. Später dann begegnen wir ihnen vielleicht in unserer eigenen Seele wieder, und das so lange überfällige Erschrecken und Staunen nötigt uns zu verspäteter Ehrfurcht.

Wenn das Staunen dann vorüber ist, werden wir einschlafen wie nach allem, was vorüber ist. Eine Stunde nach ihrem Eintreffen lagen die Engel und die Mac Canns in gemeinsamer Bewußtlosigkeit. Die Engel schliefen, man sah es an ihrer Haltung. Auch Patsy schlief, seine Nase bestätigte, schnaufend mit dem unangenehmen Nachdruck einer geborstenen Trompete, seinen Schlummer. Auch seine Tochter schlief, dort lag sie, neben dem Öfchen, regungslos wie die Erde selbst.

Vielleicht schlief sie auch nicht. Vielleicht lag sie nur da, das Gesicht dem Himmel zugewandt, und blickte durch die Dunkelheit zu den blassen, spärlichen Sternen auf, träumte Träume und sah Gesichte, während ringsum, den unsichtbaren Weg entlang und quer über die nicht mehr sichtbaren Felder und Hügel, die Nacht ihr Dämmergewand schleppte und den Klatschmohn zertrat.

Ob sie nun geschlafen hatte oder nicht, sie war die erste, die sich am anderen Morgen erhob.

Ein bleiches Dämmern kroch über die Erde, darin konnte man die frierenden Bäume und das schaudernde Gras erkennen, die schweren Wolken drängten sich aneinander, als suchten auch sie droben in grausiger Höhe Wärme beieinander, die Vögel hatten ihre Nester noch nicht verlassen. Es war die Stunde tiefster Stille und Unschönheit, die Stunde für blinde, verzweifelte Geschöpfe, sich tückisch in Bewegung zu setzen, sich und die Nächte verfluchend. Eine Stunde, in der die Phantasie nicht wirksam werden kann und die Hoffnung lieber wieder in die Dunkelheit zurückflüchtet, als in dieser fahlen Wüstenei zu verweilen. Es war noch nicht die Morgendämmerung, das magere Kind, knospenbekränzt und beweglich wie ein winterliches Blatt: es war eine Mißgeburt von Morgengrauen, formlos, lastend, widerwärtig. Als Mary sich behutsam in diesem Schattenreich bewegte, schien auch sie nicht mehr zu sein als ein Schatten, wurde sie dünn und formlos wie ein Gespenstchen, während sie mit vorsichtigen Schritten zwischen Karren und Hecke hin und her ging.

Sie setzte sich, löste ihr Haar und begann es zu bürsten. In dem fahlen Licht hatte es keine Farbe, war aber von erstaunlicher Länge und Dichte und umwogte sie wie ein Mantel, und weil sie saß, rollte und kroch es auf dem Gras. Sie pflegte ihr Haar nicht so oft. Manchmal flocht sie es, der Bequemlichkeit halber, damit es ihr an windigen Tagen nicht in die Augen peitschte und auf die Wangen schlug. Manchmal flocht sie es nicht einmal, aus purer Faulheit, sondern rollte es zu einem großen Knäuel zusammen und zog eine riesige Männermütze über seinen Glanz. Aber jetzt, vor Tagesanbruch, in dieser geisterhaften Beleuchtung, die weder Licht noch Dunkelheit war, saß sie da und bürstete ihr Haar. Dieses Haar, es brachte sie in Verlegenheit, sie wußte nichts damit anzufangen, wußte nicht, ob man es sehen sollte oder nicht, ob sie es in zwei große Seile flechten, es achtlos oder mit Bedacht um den Kopf legen oder es lose bis auf die Schulter hängen lassen und nur im Nacken mit einem Stück Band oder Stoff zusammenbinden sollte. Diese Unschlüssigkeit war ihr neu, sie hatte nie Anlaß gehabt, über derlei nachzudenken, es war ihr sonderbar und beängstigend und eigentlich beunruhigender als der Besuch der hochgewachsenen Fremden mitten in der Nacht, deren Augen und Stimmen so ruhig waren und deren glanzvolle Ausrüstung im Feuerschein funkelte, während sie sich mit dem Vater über Dinge unterhielten, an denen Weitgereiste interessiert sind.

Sie blickte zu ihnen hinüber, wo sie lagen, doch sie waren kaum zu sehen, ein Haufen wallender Stoffe und langer Glieder, die mit dem harten Gras und der Dunkelheit verschmolzen. Ihrer Meinung nach war das wahre Wunder nicht, daß sie gekommen waren, sondern daß sie immer noch da waren und daß sie so tief, so friedlich schliefen, wie sie selbst oft geschlafen hatte, den Kopf auf dem Arm und die Glieder geruhsam zwischen Erde und Himmel geschmiegt.

4. KAPITEL

Ihr Haar war ungeflochten, nur im Nacken mit einem Stück weißem Stoff zusammengebunden, das sie von irgendeinem Teil ihrer Kleidung abgerissen hatte, es wallte und wogte ihr um die Schultern in prächtiger, lebendiger Fülle. Ganz leise ging sie dorthin, wo der Vater mit offenem Mund auf dem Rücken lag und sein schwarzes Kinn zum Himmel reckte. Er atmete jetzt durch den Mund und schnarchte nicht mehr. Sie hob die drei oder vier Säcke, mit denen er zugedeckt war, und rüttelte ihn behutsam an der Schulter, bis er erwachte.

Ihr Vater erwachte wie sie, wie jedes im Freien lebende Wesen. Er riß blitzschnell die Augen auf, war sofort ganz und gar wach und sah sie in vollem Begreifen ihres Abenteuers an. Leise stützte er sich auf den einen Ellbogen und warf einen Blick hinüber zu den Fremden, nickte seiner Tochter zu und erhob sich lautlos. Sie winkte ihm, und sie traten einige Schritte beiseite, um unbelauscht reden zu können. Mary hob an etwas zu sagen, doch ihr Vater kam ihr zuvor.

»Hör zu«, flüsterte er, »das Beste, was wir tun können, ist, alles auf den Karren zu laden, ohne Lärm zu machen, verstehst du. Und dann schirren wir das Eselchen ein, so geschwind wie der Wind, und dann steige ich auf den Karren und fahre los, so schnell ich ihn vorwärtsprügeln kann, und du kannst neben dem Esel herlaufen mit einem Stock und auf ihn losdreschen wie der Teufel, damit er schnell rennt. Ich kann selber nicht gut rennen, deshalb steig ich in den Karren, aber du kannst rennen wie ein Hase, und deshalb mußt du auf das Vieh eindreschen.«

»Alles was recht ist«, fuhr er grimmig fort, »wir wissen ja nicht, wer diese Burschen sind, und was würde der Geistliche sagen, wenn er hört, daß wir im Land herumziehen mit drei großen, aufgedonnerten Engeln, die vielleicht sonst was vorhaben? Also jetzt geh, hol die Sachen zusammen, ich helf dir auch dabei.«

»Ich denk gar nicht daran«, flüsterte Mary ärgerlich, »dazu hab ich dich nicht geweckt.«

»Du willst nicht, soso«, sagte ihr Vater grimmig.

»Was sollen sie denn von uns denken, wenn sie aufwachen und sehen, daß wir uns auf die Art davonmachen? Ich sag dir nochmal: das tu ich nicht, und du tust es auch nicht, und wenn du nur einen Schritt zum Karren tust, ruf ich ganz laut, damit sie aufwachen.«

»Du hast den Teufel im Leib, du Trulle«, sagte der Vater zähneknirschend. »Wer heißt uns mit heiligen Engeln verkehren, die uns vielleicht in einer Stunde umbringen oder sogar schon in einer halben? Vielleicht sind es gar keine Engel, sondern Leute, die mit dem Zirkus durchs Land ziehen und lauter Unfug anstellen?«

»Es sind aber Engel«, entgegnete seine Tochter überzeugt, »und wenn es nicht richtige Engel sind, sind es reiche Leute, denn sie haben dicke Goldringe an den Fingern, und jeder Ring hat ’nen Diamanten drin, und sie haben goldene Ketten um den Hals, sag ich dir, und der Stoff von ihren Kleidern wär gut genug für Königskinder. Die sind reich, sehr reich.«

Mac Cann schabte sich das Kinn.

»Du meinst, es sind reiche Leute?«

»Ganz bestimmt.«

»Dann«, sagte ihr Vater abwesend, »wollen wir nicht mehr darüber reden.« Und gleich darauf fragte er: »Und was hast du dir gedacht?«

»Ich habe gedacht«, erwiderte sie, »wenn sie nun bald aufwachen, finden sie überhaupt nichts zum Essen, und es sind doch Fremde.«

»Hmmm«, machte ihr Vater.

»Im Korb sind noch zwei kalte Kartoffeln«, fuhr sie fort, »und ein Stückchen Brot, mehr ist nicht da, also schau dich nach was zu essen um, damit wir uns vor den Männern nicht schämen müssen.«

»Leicht gesagt«, meinte er. »Wo soll ich es denn hernehmen? Soll ich Räucherheringe im Gras pflücken und Speckseiten von den kleinen Büschen?«

»Gestern abend sind wir an einem Haus vorbeigefahren, ungefähr eine Meile weiter unten am Weg«, sagte Mary, »dort geh hin und hol, was du holen kannst, und wenn du nichts erwischst, dann kauf es den Leuten im Haus ab. Ich hab drei Schilling in der Tasche, die ich für was ganz Bestimmtes gespart hab, aber ich geb sie dir, weil ich mich nicht vor den Fremden schämen will.«

Ihr Vater nahm das Geld.

»Hätte ich nur gestern gewußt, daß du es hast«, knurrte er. »Dann wär ich nicht schlafen gegangen mit einer Kehle wie ein ausgetrockneter Sommerteich voller Staub und Ameisen.«

Mary schob ihn den Weg hinunter.

»Komm zurück, so schnell du kannst, und kauf alles Zeug, was du für drei Schilling kriegst.«

Sie sah ihm nach, wie er den Weg entlangstampfte und kehrte an den Rastplatz zurück.

5. KAPITEL

Die Himmelsgäste waren noch nicht aufgewacht. Die Luft wurde allmählich klarer, das erste fahle Dämmern war dem normalen Zwielicht gewichen, und die Helligkeit quoll wie durchsichtiger Rauch über das Land. Die Luft sah kalt aus, alles begann scharfe Umrisse zu bekommen und war nicht mehr verschwommen. Bäume und Büsche standen jeder für sich und wirkten verlassen und unbeschützt im kalten Morgen, schienen lebende Wesen, die froren und ein bißchen erschrocken waren in der Endlosigkeit, in die sie nicht gehörten und von der sie vieles zu befürchten hatten. Unter allem Unnatürlichen, wenn dieses Wort überhaupt in einem Kontext anzuwenden ist, gibt es nichts Unnatürlicheres als das Schweigen; nichts ist so beängstigend, denn das Schweigen bedeutet mehr als nur das, es bedeutet Regungslosigkeit. Es ist Symbol und Signatur des Todes. Keiner weiß, was nach kurzem daraus entstehen kann. Schweigen ist nicht Ruhe, ist vielmehr der Feind der Ruhe. Gegen das Schweigen muß die Wache auf den Turm steigen und vergeblich Ausschau halten. Gegen das Schweigen muß die Barrikade errichtet werden, und der Wächter wird die Lanze schleudern nach dem Geräusch des eigenen Herzschlags. Seinen eigenen Herzschlag wird er als Herausforderung hören, seine eigene Rüstung wird ihn aus der Ferne bedrohen. In einem Wald zu wandern, in dem kein Wind weht, der die Äste bewegt und die Blätter an die Zweige klopfen läßt, ist beängstigend. Ein einsames Meer, das sich bis an den Horizont erstreckt ohne eine Welle, stimmt ebenso verzweifelt, und ein flaches Grasland, in dem keine Bewegung zu sehen ist, hat etwas Verheerendes und Entsetzliches.

All dies aber plagte das Mädchen nicht. Sie beachtete das Schweigen nicht, denn sie hörte es nicht, sie beachtete die Unendlichkeit nicht, denn sie sah sie nicht. In Raum und Schweigen war sie herangewachsen, es waren ihre Zieh-Eltern, und wenn sie jemals lauschte oder schaute, dann um anderes als sie zu sehen und zu hören. Jetzt lauschte und schaute sie. Sie lauschte auf den Atem der Schläfer, und schon bald – denn sie war eine Frau – schaute sie nach, wie sie denn aussähen.

Sie beugte sich vorsichtig über den einen. Es war ein nobler Alter mit wallendem weißem Bart und breiter Stirn. Der Ausdruck auf seinen friedlichen Zügen war der eines weisen Kindes. Ihr Herz schlug ihm entgegen, und sie lächelte dem Schlafenden zu.

Sie trat zum nächsten und beugte sich auch zu ihm. Er war jünger, aber nicht jung, mochte vierzig Jahre zählen, seine Züge waren regelmäßig und sehr entschlossen, sein Gesicht sah stark und schön aus, als sei es aus kostbarem Stein gemeißelt, am Kinn wuchs ihm ein kurzer, kohlschwarzer Bart.

Nun wandte sie sich dem dritten Schläfer zu und blieb errötend stehen. Sie erinnerte sich an sein Gesicht, das sie mit blitzschnellem Seitenblick gestern abend wahrgenommen hatte, während sie vor der Annäherung der Fremden floh. Seinetwegen war sie geflohen, und seinetwegen hing ihr das Haar jetzt in ungewohnter Schönheit um die Schultern.

Sie wagte sich nicht näher heran. Sie hatte Angst, er könne, während sie sich über ihn neigte, plötzlich die Augen aufschlagen und sie ansehen, und noch konnte sie einen solchen Blick nicht ertragen. Sie ahnte, wenn sie im Schlafe läge und er näherkäme und sich über sie neigte, würde sie bei der Berührung seines Blicks aufwachen, erschrocken und beschämt.

Sie sah ihn nicht an.

Sie ging wieder an ihren Platz und machte sich daran, das Feuer im Torfeimer zu schichten, und während sie davorsaß, begann eine Stimme in der Dämmerung zu singen, nicht laut, aber sehr sanft, sehr süß. Es war zu früh für den Gesang eines Vogels, und sie kannte auch das Lied nicht, obwohl sein Klang sie am ganzen Körper erschauern ließ. Leiser, noch leiser, o Stimme des Propheten! Ich verstehe deine Sprache nicht, ich weiß nicht, welches Glück du mir verheißt. Sind es die Blätter, von denen du erzählst, oder ist es ein Nest, das auf belaubtem Reis schwankt? Dort schaukelt sich dein Weibchen und gurrt sich selbst etwas vor. Sie schaukelt und sie gurrt, sie ist ganz in Frieden eingehüllt, und die weißen Wölkchen segeln an ihr vorüber, ohne herabzufallen. So erklang das Lied auf unbegreifliche Weise, in Wendungen, die sie nicht verstand. Und doch war es kein Vogel, der ihr vorsang, es war ihr eigenes Herz, das da in der Morgendämmerung seine undeutbare Musik machte und seine geheimen, wilden Melodien sang.

6. KAPITEL

Der Esel war es, der sie weckte.

Er hatte sich eine Zeitlang entzückt am Boden gewälzt, jetzt zeigten seine aufgeregten Beine zum Himmel, während er sich an den Steinchen und zähen Lehmklümpchen den Rücken scheuerte, dann wieder lag er flach und rieb die Kinnbacken an den gleichen Klumpen. Ganz plötzlich stand er auf, schüttelte sich, riß Schwanz und Kinn in die Höhe, entblößte die Zähne, richtete seinen Blick in die Unendlichkeit und schrie sein »I-aah« mit so unvermutet kräftiger Stimme, daß nicht nur die Schläfer aus dem Schlummer auffuhren, sondern sogar die Sonne selbst einen Sprung über den Horizont tat und ihn mit wildem Blick ansah.

Mary lief zu ihm hin und hieb ihm mit der Faust auf die Nase, doch was immer Mary dem Esel tat, wurde von ihm als Liebkosung aufgefaßt, und er nahm es willig hin. »I-aah«, schrie er noch einmal triumphierend, ließ seinen Kopf schwer auf ihre Schulter sinken und blickte traurig ins Ungewisse. Er dachte nach. Das Denken läßt einen

Esel immer traurig aussehen, doch worüber er nachdachte, wußte nicht einmal Mary. Sein Auge war sinnend verschleiert, und er sah so weise und so freundlich aus wie der älteste der drei Engel, ja, obwohl er nie gepflegt worden war, sah er auch schön aus, denn er hatte die Gestalt eines guten Grautiers, seine Schnauze und seine Hufe waren weiß, der übrige Körper schwarz, und er hatte braune Augen. Das war die äußere Erscheinung des Esels.

Die Engel standen auf und schüttelten sich ungefähr ebenso wie der Esel. Weitere Toilette war nicht möglich. Sie fuhren sich mit den Händen durch das dichte Haar, und die zwei, die Bärte trugen, kämmten sich mit den fünf Fingern. Dann sahen sie sich um.

Nun schwirrten und schwebten die Vögel in der klaren Luft, riefen und schrien und zwitscherten, fünfzig Stück der gleichen Art kamen gleichzeitig angeschossen und sangen dasselbe Lied, so laut, so überschwenglich, daß Himmel und Erde von ihrer Fröhlichkeit widerhallten.

Sie waren fort, und es kamen drei geflügelte Possenreißer angeflattert, die miteinander flirteten. Entweder konnten sie kein Lied, oder aber ihre Seligkeit ging über jeden melodischen Ausdruck hinaus. Sie kreischten, während sie sich jagten, kreischten auch, als sie sieben Meter tief kopfüber dem Boden zustürzten, sie kreischten wieder, als sie sich in schwungvollem Bogen abfingen, und als sie in drei raschen Zickzackflügen dreißig Meter hoch aufstiegen, kreischten sie immer noch ohne Pause. Dann flatterten sie fort nach Westen, und jeder versuchte dem anderen die Schwanzfedern abzubeißen.

Es kam eine Krähe, die war von ihrer Glückseligkeit so überwältigt, daß sie sich nicht rühren konnte, sie stand lange Zeit auf einem Zweig in der Hecke und rang um würdige Haltung, wie sie sich für das Oberhaupt vieler

Familien ziemt, verlor aber alle paar Sekunden die Fassung und kreischte lauthals. Sie untersuchte sich am ganzen Körper, lugte unter ihre Federn, ob ihre Haut in Ordnung sei, zog sich einen modischen Scheitel durch die Schwanzfedern, polierte sich die Füße mit dem Schnabel, polierte sich dann den Schnabel an der linken Hüfte, polierte die linke Hüfte am Genick. »Ich bin eine ganz besondere Krähe«, sagte sie, »das wird jeder zugeben.« Dann flog sie mit bewundernswerter Nonchalance über den Esel hinweg und stibitzte ihm zwei Krallen und einen Schnabel voller Haare, doch mitten im Flug lachte sie unvorsichtigerweise, und die Haare fielen ihr aus dem Schnabel, und als sie nach ihnen schnappte, ließ sie auch die Büschel aus den Krallen fallen und wurde so aufgeregt bei dem Versuch, sie wieder aufzufangen, daß ihre Stimme alle anderen Geräusche der Schöpfung übertönte.

Die Sonne schien, die Bäume wedelten vor Vergnügen mit den Ästen. Es war weder Kälte noch Dunst mehr in der Luft, sie funkelte an jedem Punkt wie ein riesiger Edelstein, und die raschen Wölkchen hüllten sich in weißblaue Schaffelle und jagten fröhlich darüber hin.

Das sahen die Engel, als sie sich umblickten. Ein paar Schritte entfernt stand der Karren, beide Holme ragten in die Höhe, und ein Gewirr verschiedenartigster Lumpen hing halb hinein und halb heraus. Etwas weiter entfernt rupfte der Esel hingegeben das Gras, so schnell er konnte, und fraß es natürlich auch, denn wenn wir tief nachgedacht haben, essen wir, und es ist wahrhaft weise, dies zu tun.

Der älteste der Engel beobachtete das Tun des Esels. Er strich sich den Bart.

»Diese Art Gemüse wird also gegessen«, sagte er. Auch die anderen beobachteten.

»Und«, fuhr der Engel fort, »es ist Zeit, daß auch wir essen.«

Der Zweitälteste zwirbelte seinen kohlschwarzen Kinnbart, und seine Geste und Haltung glichen genau denen von Patsy Mac Cann.

»Hunger hätte ich schon«, sagte er.

Er riß eine Faust voll Gras aus und stopfte es sich in den Mund, aber nach einigen Schwierigkeiten nahm er es wieder heraus.

»Weich genug zum Essen ist es«, sagte er nachdenklich, »aber der Geschmack gefällt mir nicht besonders.«

Der jüngste Engel machte einen Vorschlag.

»Wir wollen mit dem Mädchen reden«, sagte er. Und sie traten alle zu Mary.

»Tochter«, sagte der älteste der drei, »wir sind hungrig«, und dabei strahlte er sie so zufrieden an, daß all ihre Scheu augenblicklich verflog.

Sie erwiderte: »Mein Vater ist ein Stück weitergegangen, um Essen für uns zu besorgen, er wird in ein paar Minuten wiederkommen und bestimmt etwas Nahrhaftes mitbringen.«

»Während wir auf ihn warten«, sagte der Engel, »wollen wir uns setzen, und du erzählst uns alles über Nahrung.«

»Es ist etwas, was wir sofort lernen müssen«, sagte der zweite Engel.

Also setzten sie sich im Halbkreis dem Mädchen gegenüber und baten sie, ihnen einen Vortrag über Nahrung zu halten. Sie fand es ganz natürlich, daß sie Auskünfte über irdische Angelegenheiten brauchten, meinte aber wie alle im Reden Ungeübten, sie wisse nicht, wo beginnen. Und doch mußte etwas gesagt werden, denn zwei von ihnen strichen sich den Bart, und einer hielt seine Knie umfaßt, und alle drei sahen sie erwartungsvoll an.

»Alles«, sagte sie, »was der Mensch essen kann, ist gut zu essen, aber einiges schmeckt besser als anderes. Kartoffeln und Kohl sind sehr gut zu essen, ebenso Speck. Mein Vater mag den Speck, wenn er sehr salzig ist, aber so mag ich ihn nicht. Brot ist auch etwas Gutes, ebenso Käse.«

»Wie nennt ihr dies Gemüse, das das Tier gerade ißt?« fragte der Engel und zeigte auf den Esel.

»Das ist kein Gemüse, Herr, nur Gras. Das essen alle Tiere, aber kein Christenmensch.«

»Schmeckt es denn nicht?«

»Das weiß ich nicht. Hunde fressen es, wenn ihnen schlecht ist, es muß also wohl gesund sein, aber ich hab noch nie von jemand gehört, der Gras gegessen hätte, außer er war am Verhungern und wußte sich nicht anders zu helfen, der Ärmste! Und einmal hat es einen Jungen gegeben, einen König, von dem heißt es, daß er mit dem Vieh hinausgezogen ist und Gras gefressen hat wie das Vieh, und man sagt, er sei nicht mager dabei geblieben. Doch da kommt mein Vater quer übers Feld (das ist merkwürdig bei ihm, denn weggegangen ist er auf der Straße), ich glaube, er trägt einen Korb am Arm, und in dem wird etwas zum Essen sein.«

7. KAPITEL

Und so war es.

Mac Cann näherte sich ihnen im rechten Winkel zu dem Weg, auf dem man ihn erwartete. Hin und wieder drehte er sich um, blickte über die Schulter zurück, und weil er jede Senke im Boden, auch Büsche und dergleichen dazu benutzte, sein Vorrücken zu decken, erriet seine Tochter, daß es außer dem Nahrungseinkauf noch anderes gegeben haben mußte. Sie hatte ihren Vater schon oft solche Vorsichtsmaßnahmen ergreifen sehen und doch auch gar manches Mal einen solchen interessanten Rückzug mitgemacht oder sogar selbst geleitet.

Als ihr Vater herangekommen war, nickte er ihr bedeutungsvoll zu, setzte den Korb und ein Bündel ab und blieb eine Weile davor stehen, wobei er an seinem Kinn zupfte.

»Meiner Treu«, sagte er, »es gibt viel Kummer auf der Welt, das muß ich sagen.«

Es wandte sich an die Fremden.

»Und ich sage Ihnen, wenn es auf der Welt nicht so viel Kummer gäbe, hätten die Armen überhaupt kein Leben. Wenn die Leute Kummer haben – tröste sie Gott –, ist das unsere einzige Chance. Sonderbar, was?«

»Mary«, wandte er sich an sie, und in seiner Stimme klang lässiger Stolz, »such mal im Korb, ob nicht die eine oder andere Kleinigkeit drin ist. Die Herren mögen sich inzwischen schon ins Gras setzen, das junge Mädchen wird Ihnen Frühstück machen.«

Da setzten sich die Engel und Patsy friedlich ins Gras, und Mary öffnete den Korb.

Es waren zwei Laib Brot darin, ein schönes Stück Butter, ein Stück Käse, so groß wie eine Manneshand und viermal so dick; ferner war eine Hammelkeule in dem Korb, von der nur ein kleines Stück abgeschnitten war, eine große Papiertüte voll Tee, eine Packung Streuzukker, eine Flasche Milch, eine halbvolle Flasche Whisky, zwei Tabakspfeifen mit silbernen Reifen in der Mitte und eine große Stange Tabak. Das alles war in dem Korb.

Mary riß beim Anblick dieser Dinge Mund und Augen auf und bekreuzigte sich, gab aber keinen Laut von sich. Als sie der Gesellschaft das Gesicht zuwandte, war darin nichts zu lesen als Gastfreundschaft. Sie schnitt von

Brot, Fleisch und Käse Scheiben ab und häufte sie auf einem großen Stück Papier zwischen den Männern auf. Dann setzte sie sich, und alle schickten sich an zu essen.

Der zweite Engel wandte sich höflich an Mac Cann.

»Würden Sie freundlicherweise anfangen zu essen«, sagte er, »damit wir Ihnen abschauen können, wie man es macht?«

»Es gibt nichts Unpassenderes«, sagte der erste Engel, »als Menschen, die gegen Brauch und Sitte handeln. Wir wollen versuchen, es Ihnen genau gleichzutun, und obwohl unsere Ungeschicklichkeit Ihnen vielleicht lästig fällt, wird dann doch kein Verfall ehrwürdiger Sitte Sie schockieren.«

»Nun ja«, sagte Patsy nachdenklich und streckte eine Hand nach dem Essen aus. »Ich will niemand im Licht stehen, und Leute etwas lehren kann nur Gott. Also, so mach ich das, Euer Gnaden, und wer möchte, kann es mir nachtun.«

Er nahm zwei Stücke Brot, legte eine Scheibe Käse dazwischen und biß tief in diese Dreieinigkeit.

Die Fremden folgten getreulich seinem Beispiel, und einen Augenblick später waren ihre Münder so voll wie seiner und ebenso befriedigt.

Patsy hielt zwischen zwei Bissen inne. »Wenn ich mit dem hier fertig bin«, sagte er, »nehm ich noch zwei Stück Brot und tu einen Brocken Fleisch dazwischen und eß das.«

»Aha«, sagte einer der Engel, dessen Mund zufällig gerade leer war. Patsys Auge überflog das übrige Mahl.

»Und danach«, fuhr er fort, »nehmen wir einen Bissen von allem, was gerade zur Hand ist.«

Nach kurzer Zeit schon war auf der Zeitung nichts mehr übrig als Streuzucker, Butter, Tee und Tabak. Patsy war betroffen.

»Ich dachte wirklich, es wäre mehr«, sagte er. »Ich selber hab ja genug gehabt«, fuhr er fort, »aber Euer Ehren hätten vielleicht gern noch mehr gegessen?«

Zwei der Engel versicherten ihm, sie seien vollkommen satt, aber der jüngste Engel sagte nichts. »Ich habe meine Zweifel, ob Sie satt sind«, sagte Patsy zögernd zu ihm.

»Ich könnte noch mehr essen, wenn ich es bekäme«, erwiderte dieser mit einem Lächeln.

Mary ging zum Karren und kam mit zwei kalten Kartoffeln und einem Stück Brot zurück. Dies legte sie dem jungen Engel hin. Er dankte ihr und aß. Dann aß er die Packung Streuzucker auf und ein kleines Stück von der Butter, aber die schmeckte ihm nicht. Er zeigte auf den Priem Tabak.

»Ißt man das auch?« erkundigte er sich.

»Das nicht«, sagte Patsy, »wenn Sie davon ein bißchen äßen, bekämen Sie einen Schmerz im Bauch, der einen Monat lang nicht mehr weggeht. Einige Leute rauchen es und andere kauen es. Ich selbst rauche und kaue es, das ist die beste Art. Dort auf der Zeitung liegen zwei Pfeifen, und ich habe noch eine in der Tasche – wenn also einer von Ihnen rauchen will, kann er es so machen wie ich.« Mit dem großen Taschenmesser schnitzelte er Stückchen von dem Priem, rollte sie zwischen den Handflächen, stopfte damit sorgfältig seine Pfeife, saugte daran, ob sie auch richtig zog, entzündete den Tabak und seufzte befriedigt auf. Er lächelte alle der Reihe nach an.

»Richtig gut«, sagte er.

Die Fremden untersuchten wißbegierig die Pfeifen und den Tabak, wagten aber nicht zu rauchen und beobachteten nur Patsys glückseliges Gesicht mit freundlicher Aufmerksamkeit.

8. KAPITEL

Und in eben diesem Augenblick wurde Mary von Neugier verzehrt. Sie wollte wissen, wie ihr Vater in den Besitz des Korbes mit Proviant gekommen war. Sie wußte, daß man für 3 Schilling nicht einen Bruchteil der Dinge hätte kaufen können, und da sie vor den Fremden keine Angst hatte, fragte sie ihn.

»Vater«, sagte sie, »wo hast du all die guten Sachen her?«

Die Engel hatten von seiner Beute mitgenossen, deshalb glaubte Mac Cann, von ihnen nichts fürchten zu müssen. Er betrachtete sie, während er nachdenklich an seiner Pfeife zog.

»Sie müssen wissen«, begann er, »daß das Allerschwerste auf der Welt ist, sich Nahrung zu beschaffen, und darauf muß einer immer aus sein. Gerade haben wir aufgegessen, was wir heute morgen gekriegt hatten, deshalb müssen wir jetzt anfangen, nach etwas zu suchen, was wir abends essen wollen, und morgen müssen wir's wieder so machen und übermorgen auch und das jeden Tag, bis wir tot sind, immer müssen wir zusehen, daß wir was zu essen finden.«

»Ich hätte gedacht«, sagte der älteste Engel, »daß in einer geordneten Gesellschaft Nahrung das simpelste aller Probleme sein würde.«

Das ließ Mac Cann sekundenlang nachdenklich werden. »Vielleicht haben Sie recht, Sir«, sagte er dann freundlich und überging die Unterbrechung. »Ich hab mal einen Mann sagen hören – er war fremd hier in der Gegend und hatte viel zu erzählen –, daß die Leute ganz oben alle Nahrung der Welt an sich reißen und dann jeden zwingen, für sie zu arbeiten. Wenn man eine gewisse Menge gearbeitet hat, geben sie einem gerade genug

Geld für gerade genug Essen, um für sie weiterzuschuften. Ja, das hat der Mann gesagt. Ein großer, zorniger Mann war das, mit einem Schnurrbart wie ein Wirbelsturm, und geschworen hat er, er würde nie für jemanden arbeiten. Ich für mein Teil glaub ja, daß er überhaupt nie gearbeitet hat. Wir waren dicke Freunde, der Mann und ich, weil ich auch nicht arbeite, wenn ich's verhindern kann. Ich hab nämlich gar keine Neigung zum Arbeiten und dabei einen großen Appetit, weiß Gott. Außerdem, das, was ich an einem Tag arbeiten könnte, würde mir vielleicht nicht mal genug zu essen einbringen, und dann wär ich doch der Reingefallene.«

»Vater«, sagte Mary, »wo hast du heute morgen die vielen guten Sachen hergehabt?«

»Das will ich dir sagen. Ich bin die Straße runtergegangen bis zu der Biegung, wo das Haus steht, und ich hatte drei Schilling in der Hand. Und wie ich zu dem Haus komm, steht die Tür weit offen. Ich hab mit der Faust drangeschlagen, aber es kam niemand. ›Gott segne hier alle‹, sagte ich und ging rein. In der einen Stube lag eine Frau auf dem Fußboden, der hatte man mit einem Knüppel auf den Kopf geschlagen, und in der nächsten lag ein Mann auf dem Fußboden, dem hatte man mit einem Knüppel auf den Kopf geschlagen. Und in der Stube sah ich dann das Essen, fein und fest in den Korb verpackt, den du vor dir siehst. Ich hab mich noch ein bißchen umgesehn, dann bin ich fort, denn es gibt ein Sprichwort: ›Ein kluger Mann findet keinen Toten‹, und so klug bin ich allemal, ganz gleich wie ich ausseh.«

»Waren die Leute tot?« fragte Mary entsetzt.

»Waren sie nicht, die haben nur'n paar übern Schädel gekriegt. Ich glaube, die sind jetzt wieder in Ordnung und suchen nach dem Korb, aber will's Gott, finden werden sie ihn nicht. Aber was ich wissen möchte: wer hat die

Leute mit einem Knüppel geschlagen und ist dann weggegangen ohne das Essen und Trinken und den Tabak, das ist doch wirklich sonderbar.«

Er sah seine Tochter an: Mary *a cree*, verbrenn den Korb im Feuer dort, er gefällt mir gar nicht, seit er leer ist.«

Da verbrannte Mary sorgfältig den Korb, derweil ihr Vater die Sachen auf den Karren lud und den Esel anspannte.

Die Engel sprachen miteinander und traten dann zu Mac Cann.

»Wenn es nicht stört«, sagte der Wortführer, »würden wir gern eine Weile bei Ihnen bleiben. Wir glauben, daß wir in Ihrer Gesellschaft mehr lernen, als wir es sonst wohl täten, denn Sie scheinen ein fähiger Mann, und wir sind im gegenwärtigen Augenblick ein wenig verloren in dieser sonderbaren Welt.«

»Aber gewiß doch«, sagte Patsy wohlwollend, »ich hab nicht das Geringste dagegen, es ist nur – wenn Sie nicht in was Dummes reinschliddern wollen und wenn Sie meinen Rat hören wollen, dann ziehen Sie die Sachen aus, die Sie da anhaben, und solche Klamotten über wie meine, legen die Flügel ab und die feinen hohen Kronen, sonst starren nämlich die Leute Sie auf Schritt und Tritt an, und ich sage Ihnen: es ist nicht gut, wenn einem alle nachschauen, sobald man durch einen kleinen Ort oder eine Stadt kommt, weil man nie weiß, wer sich später an einen erinnert, und vielleicht möchte man, daß sich besser niemand an einen erinnert.«

»Falls unsere Gewandung«, sagte der Engel, »von der Art ist, daß wir darin auffallen...«

»Ist sie«, sagte Patsy. »Die Leute würden glauben, Sie gehören zu 'nem Zirkus, und überall würden ganze Menschentrauben hinter Ihnen her sein.«

»Dann«, entgegnete der Engel, »werden wir tun, was Sie sagen.«

»Dort in dem Bündel hab ich Kleider genug«, sagte Patsy mit undurchdringlicher Miene, »ich hab gleich an Sie gedacht, als ich sie da im Haus fand und mitgenommen hab. Die ziehen Sie an, und Ihre Sachen packen wir in einen Sack und vergraben sie, damit Sie sie wieder holen können, wenn Sie sie brauchen. Dann können wir losziehen, wohin wir wollen, und keiner wird über uns reden.«

Da gingen die Fremden mit dem Bündel ein wenig abseits und legten ihren feinen Staat ab.

Als sie wieder auftauchten, trugen sie grobe Alltagskleidung. Sie sahen kein bißchen anders aus als Patsy Mac Cann, außer, daß sie größer waren als er, aber in ihrer Zerlumptheit war kaum noch ein Unterschied.

Mac Cann hob neben einem Baum eine Grube aus und vergrub ihr Eigentum sorgfältig, dann gebot er Mary nachdenklich, mit dem Esel vorauszugehen, er und die Engel würden hinter dem Wagen herschreiten.

So wanderten sie durch das morgendliche Sonnenlicht und wußten einander eine Weile wenig zu sagen.

9. KAPITEL

Patsy Mac Cann war tatsächlich ein sehr fähiger Mensch.

Zweiundvierzig Jahre lang hatte er am Rand einer Gesellschaft existiert, die ihn in keiner Weise anerkannte und war – wie er selbst es ausgedrückt hätte – gar nicht mal so schlecht dabei gefahren. Er lebte wie ein Vogel lebt oder ein Fisch oder ein Wolf. Gesetze waren für die anderen da, nicht für ihn. Er war unter diesen ethischen Schranken durchgekrochen oder hatte sie mit einem Satz übersprungen, und sie störten ihn nur insoweit, als er sich ein wenig bücken oder aber klettern mußte, um sie zu überwinden. Ihm waren Gesetze etwas, das man umgehen sollte, und so beurteilte er die meisten Dinge.

Ebensowenig galten ihm Religion und Moral – obwohl er ihnen außergewöhnlichen Respekt entgegenbrachte. Er betrachtete sie von fern, ließ sie, ob sie ihm nun schön oder töricht schienen, so bereitwillig hinter sich wie seine Schulden – wenn man seinen flüchtigen Verbindlichkeiten einen so gewichtigen Namen geben will. Er erfüllte diese Verpflichtungen nicht, er entzog sich ihnen, er legte Distanz zwischen eine Forderung und sich selbst, und sogleich wurde sie ihm fremd, denn eine halbe Meile im Umkreis um ihn her verlief seine Grenze, jenseits derer, wo auch immer, der Feind lag.

Er stand außerhalb jeder sozialen Bindung, und in einer streng organisierten Menschheit würde er wohl fast einer anderen Spezies zugerechnet worden sein. Er war sehr beweglich, doch seine ganze Freiheit lag in einer Richtung, und diesen Weidegrund konnte er nie verlassen. Für den Durchschnittsmenschen gibt es zwei Dimensionen des Raumes, in denen er sich mit einer gewissen begrenzten Freiheit bewegt. Für ihn ist die Welt waagerecht oder senkrecht, er steigt die soziale Leiter hinauf und hinunter und hat in beiden Sphären eine Ebene, auf der er auf- und abgehen kann. Doch sind seine Wanderungen durch Beruf und Familie streng begrenzt. Alle Freiheit, auf die er hoffen darf, liegt zwischen dem Ort, an dem er arbeitet, und dem Ort, an dem er wohnt. Innerhalb dieses Bereiches muß er die Abenteuer suchen, nach denen ihn verlangt, und die einzige Expansion, die er erreichen kann, ist hinauf zu einer anderen Gesellschaftsschicht, wenn er ehrgeizig ist, oder aber hinab in die untere Welt, wenn er sich langweilt.

Für Mac Cann gab es keine Hinauf- und Hinabbewegungen, er hatte das Leben bis auf den Felsengrund ausgelotet; aber dafür wurden seine waagerechten Bewegungen nur durch das Meer rings um sein Land begrenzt. In dieser gigantischen Unterwelt bewegte er sich mit fast absoluter Freiheit und mit Kenntnissen, die man stenggenommen als wissenschaftlich bezeichnen könnte. Trotz seiner augenscheinlichen Ächtung war er eigentümlich sicher. Der Ehrgeiz winkte ihm nicht mit dem kleinsten Licht, und das einzige Übel, das ihn befallen konnte, war der Tod, der keinen verschont.

Keine Feindschaft konnte ihn an die Wand drängen, denn er war eine ganze Sphäre tiefer gesunken, als Bosheit aber auch Wohlwollen reichen. Körperliche Mißhandlungen konnten ihm noch zustoßen, doch stand in solchem Fall seine Männlichkeit und Muskelkraft gegen Männlichkeit und Muskelkraft eines anderen. Der Beste würde siegen, ganz einfach, aber für den Sieger gab es keinen Ruhm und keine Beute zu gewinnen. Zufällige Kämpfe dieser Art waren in seiner Laufbahn recht häufig vorgekommen, denn er hatte eigensinnig mit Männern aller Art gerauft und anschließend seine Wunden mit den einzigen Salben behandelt, die für seine Zwecke billig genug waren: den Heilbalsamen Zeit und Geduld. Ihn beschäftigte nur eines, doch das nahm ihn ganz in Anspruch: er jagte nach Nahrung, und er jagte danach mit dem Geschick und der Ausdauer eines Wolfes oder Geiers.

Und mit welchem Geschick er jagte! Er holte die Krumen aus den kümmerlichen Ritzen der Hungersnot. Er sammelte Nahrung aus der leeren Luft. Er hob sie aus Brunnen und Wasserläufen. Er pflückte sie von Wäscheleinen und Hecken. Er bestahl die Bienen so gewandt, daß sie seine Hand nicht spürten. Er holte die Eier unter der Vogelmutter hervor, und sie dachte, sein Finger sei das Junge. Er holte die Henne vom Nest, und die Hausfrau dachte, er sei der Hofhund, und der Hofhund dachte, er sei sein Bruder.

Er besaß auch Bildung, sie war nicht umfassend, aber tief. Er kannte Wind und Wetter wie wenige Sternkundige. Er kannte die Beschaffenheit von Baum und Erde, wußte, wie die Jahreszeiten kamen und gingen, nicht wie Jahreszeiten, sondern wie Tage und Stunden. Er hatte alle Süße des Sommers geerntet, und die strenge Unbill des Winters war ihm nicht fremd. Jedes Jahr hatte er mit dem Winter gekämpft wie man mit einem reißenden Tier kämpft, hatte den grausigsten aller Rachen abgewehrt und war unversehrt davongekommen.

Er kannte auch Männer und Frauen, kannte sie aus einem Gesichtswinkel, aus dem sie sich selbst oder einander selten sahen. Er kannte sie als Beute, die man riß und dann rasch entfloh. Auf sie, beladen mit tausenderlei Vorurteilen, blickte er in einer einzigen Zielvorstellung, die er blitzschnell durchdachte. Bei seinem schnellen Hinblicken zeigten alle Menschen ein und denselben Ausdruck, ein und dieselbe Haltung. Nie sah er Mann oder Frau als Ganzes, seine mikroskopische Schau fing nur auf, wonach sie suchte, das jedoch mit der unmittelbaren Schärfe des Mikroskops. Für ihn gab es in der Menschheit nichts Komplexes, nur solche, die gaben und andere, die nicht gaben. Einigen mußte man schmeicheln, anderen konnte man Angst einjagen. War Güte in einem Menschen, so erspähte er sie von weitem, wie der Habicht die Maus im Klee, stieß nieder auf diese Tugend und war schon mit der Beute auf und davon. War Böses in einem Menschen, ging er gelassen daran vorbei, wie das Schaf am Schlächter, denn Böses berührte ihn nicht. Böses konnte nie Hand an ihn legen, und er selbst war nicht böse. Wenn man seinem unschuldigen Dasein Bezeichnungen aufprägen wollte wie Tugend und Laster, müßten diese Bezeichnungen neu definiert werden, denn auf seinen Fall trafen sie nicht zu. Er stand außerhalb solcher Begriffe, wie er außerhalb des Gesellschaftsgefüges stand. Im Grunde stand er gar nicht außerhalb des Gesellschaftsgefüges, war vielmehr so tief darin, daß er nicht mehr herauskam. Er war in dessen eigentlichem Mittelpunkt, darin gefangen wie ein Hirsch in einem Tierpark, oder ein Kork, der geruhsam in einem Eimer auf- und abtaucht, und in den endlosen, verwahrlosten Weidegründen der Zivilisation fand er seinen eigenen Frieden und seine eigene Weisheit. Alles, was er wußte, und alles, was er getan hatte, fand bei seiner Tochter tiefstes Verständnis.

10. KAPITEL

Es muß erwähnt werden, daß die Engel Patsy Mac Cann auf seltsame Weise glichen. Ihre Vorstellungen von Recht und Unrecht deckten sich fast gänzlich mit den seinen. Sie besaßen nichts, hatten daher auch keine Vorurteile; denn jemand, der nichts hat, darf die ganze Welt als ihm gehörig ansehen, während einer, der etwas hat, selten mehr besitzt als eben dies.

Die Zivilisation, die zufällig auf das Besitzrecht aufgebaut ist, hat bei vielen Gelegenheiten versucht, sich in ihrem irrwitzigen Fortschrittsglauben selbst zu zerstören, aber aus der großen Ethik des Besitzes gab es noch nie ein Entrinnen und wird es auch nicht geben, ehe nicht die Menschen wahrhaft solidarisch geworden sind und der einzelne aufhört, in seinem Nächsten den Wolf zu sehen.

Steckt denn in unserem Nächsten wirklich der Wolf?

Wir sehen das, was wir selber sind, und unsere Augen projizieren unser Bild nach beiden Seiten. Schauen wir angstvoll, so ist, was wir sehen, schreckenerregend, schauen wir voller Liebe, spiegeln sich die Farben des Himmels in Graben und Verlies. Ewig dichten wir einander etwas an, unterstellen wir uns etwas, verbreiten wir unsere Sünden und bezeichnen sie als die des Nachbarn. Laßt uns unsere Tugenden verbreiten und uns eine Stadt errichten und darin leben.

Für Mac Cann und seine Tochter war an ihren Gefährten nichts mehr fremdartig. Während Tag und Nacht aufeinander folgten, Gespräche und Tun auf ihrer Wanderung sich ergänzten, begann jeder von ihnen sich aus der Verkleidung des Leiblichen herauszuentwickeln, und nach kurzem hätte jeder dem fragenden Fremden vom anderen erzählen und über seine Gewohnheiten und sein Wesen einigermaßen präzise Auskünfte geben können. Und was für Gespräche führten sie! Bald neben einer Hecke sitzend, in der Nähe eines winzigen, zusammengewürfelten Dorfs, bestehend aus Häßlichkeit und Dummheit, bald in der Dämmerung beim Kampieren in einem verlassenen Steinbruch, die Schultern an hohe, geborstene Felsabstürze gelehnt, wo sie nichts anderes hörten als das überlaute, träge Wasserrieseln und den Wind, der an der messerscharfen Felskante sang oder heulte. Oder beim Lagern an der windabgewandten Seite einer Kartoffelmiete.

Sie starrten zum Mond empor, der auf seiner einsamen Reise vorübersegelte, oder zu den Sternen, die zwischen ziehenden Wolken blinkten und schimmerten. Wenn sie den Blick erhoben zu diesen heiligen Reisenden, in deren Obhut das Geschick des Menschen liegt, erhoben sie auch ihre Seelen und verehrten stumm jenen Geist, dessen sichtbar gewordene Gedanken dies sind.

Manchmal unterhielten sie sich über die Probleme der Menschheit in Tausenden von oberflächlichen Spielarten. Die Engel waren weise, aber in dem Vokabular, dessen sie sich bedienen mußten, gab es für Weisheit keinen Ausdruck. Ihre Weisheit bezog sich nur auf letzte Dinge und war das unhandlichste Werkzeug, wenn man damit ein naheliegendes, bemerkenswert alltägliches Problem anging. Ehe Weisheit hörbar gemacht werden kann, muß eine neue Sprache erfunden werden, und die Engel mußten auch ihre Definitionen umgestalten und ihre profanen Entdeckungen in Wendungen zurückübersetzen, in denen sie das Thema ganz allgemein sehen konnten. Sie stellten fest, daß dabei an Kontur verlorenging, was an Allgemeingültigkeit gewonnen wurde; und daß die äußerste Verallgemeinerung, wie logisch auch immer sie gefaßt sein mochte, beim erneuten Zerlegen selten mehr war als eine hochinteressante Unwahrheit. Keine Wahrheit bezüglich Raum und Zeit kann länger wirksam bleiben als einen Pulsschlag lang. Auch sie hat Nachfolger, hat ihre siderischen Gezeiten, und noch während man sie rund und fest wie einen Kieselstein erblickt, siehe da, schon ist sie gespalten, rissig und verwandelt.

Manchmal, wenn es regnete, und es regnete häufig, suchten sie Zuflucht in einem Heuschober, wenn gerade einer in der Nähe war. Oder sie krochen in eine Scheune und versteckten sich hinter Bergen von Kohlköpfen und Stapeln von landwirtschaftlichen Geräten. Oder sie schlüpften in einen halboffenen Schuppen zwischen das Vieh, aßen und wärmten sich an den friedlichen Flanken der Tiere auf. Wenn sie in der Nähe einer Stadt waren und an diesem Tag Glück gehabt hatten, zahlten sie auch wohl ein paar Kupferstücke, um auf dem abgetretenen Lehmboden eines Hauses zu schlafen.

Was den Esel betraf, so schlief er, wo immer er konnte.

Wenn es regnete, stand er mit dem Schwanzende gegen den Wind in so tiefe Träume versponnen, daß er weder Regen noch Wind mehr zu spüren schien. Aus solchen Gedankenabgründen auftauchend, merkte er dann, daß es auch eine geschützte Seite der Mauer oder des Heidekrautbusches gab, und dann ruhte auch er sich aus, unter den Sternen Gottes. Was sagten ihm diese Sterne? Die glitzernden Hänge hinab lugen und nicken sie. Vor seinen Augen entfaltet sich das mächtige Schauspiel in seiner ruhigen Pracht. Auch für ihn sind die Zeichen gesetzt. Kümmert den Wassermann nicht sein Durst? Segnet nicht der Widder sein Wachstum? Auch gegen seine Feinde wird der Schütze den azurblauen Bogen spannen und seine Pfeile aus glühendem Gold entsenden.

Auf ihren Wegen trafen sie viele Menschen, nicht die Leute, die in den vereinzelten Häusern weit voneinander entfernt an den gekrümmten Wegen wohnten, denn mit diesen hatten sie nichts zu tun, wußten ihnen kaum etwas zu sagen, und die Behausten sahen die Vagabunden mit einem Mißtrauen an, das an Furcht grenzte. Ihre Rede war selten freundlich, und oft wurde bei ihrer Annäherung nach dem Familienoberhaupt geschickt und der Hund von der Kette gelassen.

Doch für die Vagabunden zählten diese Leute nicht. Mac Cann und seine Tochter sahen in ihnen kaum menschliche Wesen, und hätte er sich überhaupt verallgemeinernd über sie geäußert, so hätte er gesagt, daß zwischen diesen Leuten und den Bäumen, die ihre Behausung mit weitverzweigtem Laub beschatteten, kein Unterschied bestand, daß sie in ihren Häusern verwurzelt waren und daß sie nicht mehr von einem anderen Leben wußten als die Bäume, die ewig die gleiche Luft atmen und den gleichen Horizont sehen, bis sie wieder zu dem Staub werden, aus dem sie gemacht sind.

Es waren ganz andere Menschen, mit denen sie Gespräche führten. Der fahrende Balladensänger mit seinem Tornister voller Lieder um die zerlumpten Hüften. Der Wandermusikant, dessen zernarbte Fiedel nur die zehn sonderbaren Melodien von sich geben konnte, die er vom Vater und dessen Vorvätern gelernt hatte. Der durch die Lande reisende Trupp mit den jungen Schößlingen und den Binsen vom Fluß, die er geschickt in Tische und Stühle mit garantiert kurzer Lebensdauer einzuflechten wußte. Das Völkchen, das wurzellose Farnstauden an die gleichen Leute verkaufte, von deren Fensterbrett es vorher die Blumentöpfe gestohlen hatte, um sie darin einzupflanzen. Die Männer, die brüllend das Vieh zum Markt und wieder zurück trieben. Die haarigen Kesselflicker mit ihren klirrenden Blechen, die in wütender Schlachtordnung marschierten und deren Sprache ausschließlich aus Flüchen bestand. Diesen in hundert Variationen begegneten sie, lagerten mit ihnen, freundeten sich mit ihnen an. Für die Engel waren sie die Menschheit. Was die übrigen waren, wußten sie nicht.

11. KAPITEL

Man könnte fragen, warum Patsy Mac Cann den Fremden gestattete, bei ihm zu bleiben. Nun sie gekleidet waren wie er, hatte er ihre himmlische Herkunft vergessen oder dachte nie mehr daran, und für seine Findigkeit waren sie zweifellos eine Last. Sie aßen so wacker wie er, und für das, was sie aßen, mußte er sorgen.

Es gab zwei Gründe für diese ungewohnte Fürsorge. Er hatte sich immer gewünscht, Anführer einer Truppe zu sein. In seiner Seele war der alttestamentarische Patriarch lebendig, und der verlangte nach Führerschaft.

Hätte seine Frau ihm mehr Kinder geschenkt, hätte er sie und deren Weiber und Kinder zu einer Truppe vereint und die anfallenden Geschäfte dieser kleinen Welt mit Stolz und Freude wahrgenommen. Er hätte das Kommen und Gehen überwacht, er hätte seiner kleinen Schar Lob und Tadel zugemessen, er hätte sie in vielerlei unterrichtet und jene Bildung an sie weitergegeben, die er so tapfer erworben hatte. Und wenn sie das Alter der geistigen Reife erreichten, hätte er noch immer den Ehrgeiz besessen, ihre Argumente mit seinem überlegenen Wissen niederzuringen, oder aber jedem Plan, zu dem sie seine Ansicht einholten, den letzten Schliff verliehen. Er wäre des Wegs gekommen wie ein Fürst aus alter Zeit mit Gefolge und hätte solche Raub- und Beutezüge unternommen, daß sein Name und Ruhm wie Trompetenschall durch die Lande klang.

Er konnte es nicht, weil er nur ein Kind hatte (die anderen waren den Wintertod gestorben), und dieses eine war ein Mädchen. Doch jetzt hatte der Himmel selbst ihm ein Gefolge beschert, und er führte es mit Geschick und Genuß. Überdies hatte seine Tochter, vor der er beträchtlichen Respekt hatte, es strikt abgelehnt, die Fremden im Stich zu lassen, die ihnen die Vorsehung zugeführt hatte. Auf seltsame Weise war sie zur Mutter der vier Männer geworden. Sie kochte für sie, wusch und flickte für sie und schalt sie, wenn es nottat, mit herzhaftem Wohlwollen aus.

Ihre Kindheit hatte so etwas wie Puppen nicht gekannt, und nun machte ihre Jugend Puppen aus den Männern, die sie kleidete und fütterte. Manchmal war das Leben mit ihnen friedlich und glücklich. Manchmal wurde sie fast verrückt vor glühender Eifersucht. Nach und nach verlangte sie häusliche Unterwerfung, die sie ihr gern zugestanden, so daß sie nur ihre Männer waren und niemandem sonst gehörten. Das Ausüben dieser Macht verschaffte ihr ein Vergnügen, wie sie es noch nie gekannt hatte.

Doch sie war auch weise. Nur in häuslichen Dingen verlangte sie Lehenstreue. In ihr männliches Tun mischte sie sich nicht, auch nicht in die Aufgaben und Einteilung des Tages, obwohl ihr Rat in diesen Angelegenheiten gern gehört wurde.

Kam aber die Nacht, wurde ein Ort zum Lagern ausgesucht, der kleine Karren abgeladen und der Ofen angezündet, betrat sie raschen Schrittes ihr Königreich und regierte es als dessen weibliches Oberhaupt.

Mit ihrem Vater hatte sie es nicht immer leicht. Am Ende kapitulierte er zwar, doch nicht ehe er ihr ausführlich seinen Widerwillen gegen ihre Vorschläge dargelegt und ihr versichert hatte, sie sei eine dumme Trulle. Sie behandelte ihn selten als Vater, denn er erinnerte sie selten an diese Beziehung. Sie liebte ihn, wie man einen jüngeren Bruder liebt und war wütend auf ihn, wie man nur auf einen jüngeren Bruder wütend ist. Gewöhnlich behandelte sie ihn wie ein kleines Kind. Sie vergötterte ihn, und hätte er es erlaubt, hätte sie ihn bei so mancher Gelegenheit tüchtig verdroschen.

Denn kräftig war sie. Ein großes Mädchen, fest gebaut, schön und furchtlos. Wie eine Fackel im Dunkeln leuchtete ihr Gesicht aus dem verhüllenden schäbigen Umschlagtuch. Unter ihren plumpen Gewändern erriet man einen Körper, anbetungswürdig wie eine Offenbarung. Sie ging lässig, wie der Wind geht, stolz wie eine zur Würde erzogene Königin. Sie konnte aus dem Stand hochspringen wie die Wildkatze, die aus der Ruhe schrecklich auffährt. Sie konnte laufen wie der Hirsch läuft, in voller Flucht innehalten und dastehen wie eine gemeißelte Statue. Ihre Bewegungen waren vollkommen und in sich schön. Griff sie sich mit der Hand ans Haar, war diese freie Gebärde ein Wunder an Gelassenheit, war einzigartig und perfekt, als habe sie nie begonnen und würde vielleicht nie enden. Beugte sie sich zur Feuerstelle, schob sie sich zu so geringem Umfang zusammen, daß man meinen konnte, sie sei nur halb so groß und doch vollkommen. Sie hatte eine Art von Schönheit, die das menschliche Gemüt zur Ekstase bringt, zu einer mörderischen Ekstase, wenn sie nicht die des Künstlers ist. Sie war sich ihrer Lieblichkeit so bewußt, daß sie es sich leisten konnte, sie zu vergessen, und so unbekümmert, daß sie sie noch niemals als Waffe oder Ausflucht benutzt hatte.

Sie konnte nicht anders, als sich ihrer Schönheit bewußt sein, denn ihre Spiegel waren nicht stumm: es waren die Augen derer, die ihr begegnet waren und mit ihr gerastet hatten. Noch hatte kein Mann ihr je etwas gesagt als grobe Scherze wie zu einem Kind, aber Frauen konnten in ihrer Gegenwart von nichts anderem sprechen, und ihre bewundernden Ausrufe durchdrangen wie Trommelwirbel alle ihre Reden.

Sie war von vielen Frauen vergöttert worden, denn gegenüber körperlicher Schönheit beim eigenen Geschlecht sind Frauen die reinsten Sklaven. Einen Mann lieben sie um seiner Schönheit willen, eine Frau aber werden sie anbeten als etwas Einzigartiges, fast zu schön, um wahr zu sein, etwas, das möglicherweise verschwindet, während sie es anstaunen. Hübsches Aussehen begreifen sie, mögen oder bekämpfen sie, Schönheit aber gilt ihnen als männlicher Zug; und als seit langem in Sklaverei gefallene Rasse, die verzweifelt nach einem Erlöser Ausschau hält, wirft sich das weibliche Bewußtsein vor der weiblichen Schönheit in den Staub wie vor einem Messias. Einem Messias, der sie zu den unbewußten, schrecklichen

Ambitionen führen wird, dem Ziel des Weiblichen. Eines aber bewahrt die Menschheit vor einseitiger Entwicklung: die Frauen beten eine Schöne an, doch diese Schöne kehrt sich nicht daran. Sie nimmt ihren Tribut entgegen und flieht vor ihnen wie vor tödlichster Langeweile. Sie ist der weiteste Schwung des Pendels und muß von der Peripherie zum Mittelpunkt zurückeilen mit der wilden Hast des Geächteten, der von fern den Rauch aufsteigen sieht vom Vaterhaus und dessen heiligem Firstbalken.

Von stetigem Einfluß sind ein Verlangen und ein Ehrgeiz, die unvereinbar scheinen, nämlich das Verlangen aller Frauen, Gattin eines Narren zu sein, und ihr Ehrgeiz, Mutter eines Genies zu sein. Doch sie fordern Genialität, setzen sie voraus, das ist ihr Ventil, ihre Rechtfertigung für jenen Sprung in die falsche Richtung, den sie bereits getan haben.

Dort haben sie das Neutrum entdeckt. Soll das Genie immer aus unbefruchtetem oder vielmehr selbstbefruchtetem Schoß geboren werden? Wunderliche Heilande! Verächter der Vaterschaft, die ihr nichts Geringeres wollt als den Kosmos zum Vater, ihr nehmt von der Alleinmutter die Fähigkeit zu unendlichem Leiden und unendlicher Liebe, woher erwarbt ihr den rauhen männlichen Intellekt, das überscharfe Auge, all die Verwegenheit des Mutes und die Sensibilität des Ichs, die eure Seelen zum Schlachtfeld gemacht hat und eure Erinnerung zum Schrecknis, das die Liebe in einer grausigen roten Flut ersäuft. Bisher nur Täuschung und Hohn! Noch ist kein Genius euch entsprungen außer dem Genius des Krieges und der Zerstörung, jene finsteren Heerführer, die unsere Weinberge verwüstet und unsere Generationen mit den Fackeln ihrer Selbstsucht geschwärzt haben.

Für die Frau ist Schönheit Kraft, und freudig würden

Frauen von ihrem eigenen Geschlecht entgegennehmen, was sie so lange vom Mann akzeptiert haben.

Frauen sind haushälterisch, so knauserig wie die Ameisen und die Bienen, und wie bei Ameisen und Bienen kann man nur staunen über ihre spätere Verschwendungssucht. Sie horten Nahrung und Kinder, und sind diese gesichert, ist ihr Verhalten ihrer Umwelt gegenüber ruinös. Sie schmücken sich auf Kosten der gesamten Schöpfung und löschen binnen weniger Jahre eine Gattung von Lebewesen aus, die zu vollenden die Natur Jahrtausende sich gemüht hat. Sie schmücken sich, und nur zu oft ist dieses Schmücken der Hauptbeweis für Langeweile. Sie sind weltmüde, sexmüde und wissen nicht, was sie wollen. Aber sie wollen Macht, um noch einmal die Evolution zu beherrschen, wie sie es vor langer Zeit getan haben. Ihr Blut erinnert sich einstiger Größe, sie verlangen danach, wieder Königinnen zu sein, das Zepter des Lebens in grausamen Händen zu halten, die Form zu sprengen, die zu starr geworden ist für die Freiheit, das Chaos neu zu schaffen, das ein Mutterschoß ist, das sie als ihren Schoß begreifen, um in ihm Schönheit, Freiheit und Macht zu erzeugen.

Doch der König, den sie auf den Thron hoben, merkte, während er ihnen zusah, worum es ging. Er ist Bein von ihrem Bein, fürchterlich von ihnen getrennt, fürchterlich ausgestattet. Er benutzt ihre Grausamkeit und Wildheit wie eine Streitmacht gegen sie – und so ist der Kampf festgelegt, und wüste Taten können von den Sternen der Rebellion und der Weissagung aufflammen.

Mary, die Frauen dazu brachte, alles für sie zu tun, war nur daran interessiert, daß Männer sich ihrem Willen beugten, und weil sie dies – fast gegen ihre Erwartung – taten, liebte sie sie und konnte sich gar nicht genug ihrem Behagen oder gar ihren Launen unterwerfen. Es war der Mutter-Geist in ihr, der, wenn die Kinder gehorchen, eben aus Dankbarkeit gezwungen ist, zu ihrer Sklavin zu werden. Denn eine Frau begehrt vor allem Macht und ist vollkommen unfähig, sie anzuwenden, wenn sie sie bekommt. Wird diese Macht ihr widerwillig überlassen, wird sie sie gnadenlos anwenden. Wird sie ihr bereitwillig gegeben, ist sie ihrer Natur nach gezwungen, der Autorität zu entsagen und glücklich zu sein bis an ihr Ende – aber gegeben werden muß sie ihr.

12. KAPITEL

Es mag überraschen zu erfahren, daß die Namen der Engel irische Namen waren, aber vor mehr als achthundert Jahren gab ein berühmter Heiliger der Welt bekannt, daß im Himmel gälisch gesprochen wird, und der wußte vermutlich in diesem Punkt Bescheid. Er war kein Ire und hatte keinerlei Grund, *Fodhla* über alle anderen Völker der Erde zu erhöhen, daher darf seine Aussage im wesentlichen akzeptiert werden, um so mehr, da kein anderer Heiliger ihm je widersprochen hat und jeder Ire bereit ist, es zu glauben.

Ebenso geglaubt wurde in alten Zeiten – und zwar weltweit –, daß das Tor zum Himmel, der Hölle und dem Fegefeuer auf der Insel der Heiligen gähnt, und auch dieser Glaube, obwohl nie bewiesen, wurde nie widerlegt und stützt die Theorie, wonach Irisch die Sprache des Himmels ist. Außerdem ist das Gälische die schönste und ausdrucksvollste Art zu reden auf der ganzen Welt, und somit kann man rasch das künstlerische, aber auch das utilitaristische Prinzip zur Verstärkung heranziehen, sollte diese Theorie jemals durch Privatinteressen ausländischer Philologen gefährdet werden.

Die Namen der Engel waren Finaun und Caeltia und Art. Finaun war der älteste Engel. Caeltia war der mit dem kohlschwarzen Kinnbärtchen, und Art war der jüngste der drei und so schön wie die Morgendämmerung, die unübertrefflich schön ist.

Finaun war bei sich zu Hause Erzengel, Caeltia war Seraph und Art Cherub. Ein Erzengel ist ein Berater und Behüter. Ein Seraph ist ein Engel, der Kenntnisse sammelt. Ein Cherub ist einer, der Liebe sammelt. Dies waren ihre Bestimmungen im Himmel.

Finaun war weise, kindlich und freundlich, und zwischen ihm und dem Eselchen, das den Karren zog, bestand eine ungewöhnliche und sehr erfreuliche Ähnlichkeit.

Caeltia war dunkel und entschlossen, und hätte er sich den Bart so getrimmt, wie Patsy Mac Cann es tat, hätte er Patsy Mac Cann so ähnlich gesehen wie ein Mann dem anderen nur ähnlich sehen kann. Art war ebenfalls dunkel, jung und behende und schön. Wer ihn flüchtig betrachtete, hätte gesagt, daß er bis auf die Haarfarbe ein Bruder von Mary Mac Cann sei und daß beide aus dem gleichen Wurf stammten, und zwar einem guten Wurf. Mary brachte Finaun einen Teil der Zuneigung entgegen, die sie schon für den Esel hegte, und wenn sie des Weges zogen, gingen die drei immer nebeneinander, der Erzengel auf der einen und Mary auf der anderen Seite des Esels, und – so könnte man es ausdrücken – keiner der drei hörte je auf zu reden.

Der Esel, das muß man zugeben, redete nicht, hörte aber mit so ersichtlicher Aufmerksamkeit zu, daß niemand hätte sagen können, er beteiligte sich nicht an dem Gespräch. Sein rechtes Ohr lauschte lebhaft auf Mary, sein linkes Ohr zuckte aufmerksam empor, wenn Finaun sprach, und wenn zufällig einmal beide gleichzeitig schwiegen, ließ er beide Ohren vornüber auf die Nase sinken, schwieg also auch. Von beiden Seiten liebkoste eine Hand ständig sein Maul, und in ganz unerwarteten Augenblicken schrie er liebevoll auf, mit einer Stimme, die nur echten Freunden nicht die Ohren zerrissen hätte.

Patsy Mac Cann und der Seraph Caeltia pflegten direkt hinter dem Wagen herzugehen, und auch sie sprachen viel.

Anfangs sprach Patsy am meisten, denn er hatte vieles mitzuteilen, und der Seraph hörte gespannt und bescheiden zu. Doch nach einer Weile hatte Caeltia Kenntnisse erworben und diskutierte und stritt lebhaft. Sie unterhielten sich über vielerlei, aber jemand, der genau zugehört und alles aufgezeichnet hätte, würde festgestellt haben, daß sie öfter über scharfe Getränke redeten als über irgend etwas anderes. Mac Cann pflegte sehnsüchtig von sonderbaren Wässern zu sprechen, die, wie er gehört hatte, in fremden Ländern gebrannt würden, starkes Gebräu, das ihm begeisterte Seeleute mit teerigem Daumen geschildert hatten, doch in diesem Stadium sprach Caeltia nur von Porter und Whisky und war es sehr zufrieden, von ihnen sprechen zu können.

Der Cherub Art war gewohnt, allein hinter ihnen herzuwandern, ging aber manchmal nach vorne und lauschte der Unterhaltung mit dem Esel, manchmal auch gesellte er sich zu den beiden hinten und nötigte sie, Dinge zu erwägen, die sie gar nicht interessierten, und dann wieder durchstreifte er die Felder zu beiden Seiten oder kletterte auf einen Baum oder ging ganz allein und sang ein lautes Lied, das er auf einem Jahrmarkt gelernt hatte, zu dem sie jüngst gekommen waren, oder er hüpfte schweigend den Weg entlang, als sei er innerlich voller Freudensprünge und wisse nicht, wohin mit ihnen, oder er schleppte sich einsam dahin in einer so tiefen Langeweile, daß man erwartete, ihn davon tot umfallen zu sehen.

So verlief das Leben in einem gewissen Gewohnheitstrott.

Wenn sie zur Nacht ihr Lager aufschlugen, saßen Caeltia und Art – Patsy Mac Cann zwischen sich – immer auf der einen Seite des Feuers, auf der anderen der Erzengel und Mary. Finaun saß immer sehr nah neben ihr, wenn sie gegessen hatten und alle sich miteinander unterhielten. Er pflegte dann ihren langen Zopf auf den Schoß zu nehmen und geraume Zeit das Ende dieses lieblichen Seils zu entflechten und wieder zu flechten. Mary hatte es gern und niemand anders etwas dagegen.

BUCH II

EILEEN NI COOLEY

13. KAPITEL

Früh am Morgen hatte die Sonne gestrahlt, und es blies ein böiger Wind über den Weg, der alles munter machte. Die Bäume waren voll belaubt, und jeder Zweig hüpfte zu seinem Nachbarn; doch am Himmel rasten die Wolken so schnell dahin, daß sie sich ständig einholten und so durcheinandergerieten, daß sie sich nicht wieder entflechten konnten, und von ihrer übermäßigen Munterkeit ging dunkle Trübsal aus, und die Sonne bekam eine düstere Färbung.

Mac Cann verdrehte ein Auge nach oben wie ein Vogel und schabte sich das Kinn. »Bald wird's regnen«, sagte er. »Das Land braucht's.«

»Es wird stark regnen«, sagte seine Tochter.

»Ja, das wird's bestimmt«, bekräftigte er. »Los, machen wir weiter, damit wir irgendwo ankommen, eh der Regen fällt. Ich bin nie gern naß geworden, und überhaupt will das nie jemand außer den Leuten aus der Grafschaft Cork. Die sind's so gewöhnt, daß sie gar nicht merken, ob's regnet oder nicht.«

Also trieben sie den Esel an, schneller zu gehen, was er auch tat. Als sie nun den Weg entlanghasteten, sahen sie vor sich zwei Leute, die dicht nebeneinander gingen, und nach kurzem hatten sie sich diesen Leuten genähert.

»Den Rücken von dem Mann kenn ich«, sagte Patsy, »aber ich kann euch nicht sagen, wo ich ihn gesehen hab. Für Gesichter hab ich ein gutes Gedächtnis, und in einer Minute kann ich euch alles über ihn sagen.«

»Kennt ihr die Frau, die er bei sich hat?« fragte Caeltia.

»Eine Frau erkennt man nicht an ihrem Rücken«, sagte Patsy, »das kann niemand, weil sie alle den gleichen Rücken haben, wenn sie einen Schal tragen.« Mary wandte den Kopf.

»Jede Frau hat einen anderen Rücken«, sagte sie, »ob sie einen Schal um hat oder nicht. An der Art, wie die ihren Schal trägt, merke ich, daß es Eileen Ni Cooley ist und keine andere.«

»Wenn das so ist«, sagte ihr Vater hastig, »wollen wir langsamer gehen, damit wir sie nicht einholen. Mary *a grah*, sag dem Esel ein leises Wort ins Ohr, damit er nicht so schnell rennt, denn er hat heute seinen spaßigen Tag.«

»Mach ich«, sagte Mary, flüsterte dem kleinen Grautier »Brrr« ins Ohr, und es blieb binnen eines Viertelschrittes stehen.

»Mögt Ihr die Frau nicht?« fragte Caeltia.

»Sie ist eine schlechte Frau«, entgegnete Patsy.

»Was für eine Art schlechter Frau ist sie denn?«

»Von der Art, die mit jedem Mann die Ehe bricht«, sagte er rauh.

Caeltia erwog diese Beschuldigung einen Moment.

»Hat sie jemals Ehebruch mit Euch begangen?« fragte er dann.

»Nein«, sagte Patsy, »und deswegen mag ich sie nicht.«

Caeltia überdachte auch diese Erklärung und fand sie vernünftig.

»Mir scheint«, sagte er, »Ihr mögt diese Frau nicht, weil Ihr sie zu sehr mögt.«

»So ist es«, sagte Patsy, »aber es gibt keinen Grund, daß sie mit jeder Sorte Mann was anfängt und mit mir nicht.«

Er verstummte kurz.

»Ich sage Euch«, sagte er wütend, »ich hab dieser Frau den Hof gemacht von morgens bis abends, und dann ist sie mit einem Mann losgezogen, der 'nen Nebenweg runterkam.«

»Das war ihr Recht«, meinte Caeltia milde.

»Kann sein, aber um ein Haar hätte ich die beiden in der Nacht irgendwo im Dunklen umgebracht.«

»Und warum habt Ihr es nicht getan?«

»Sie hat mich schwach gemacht. Meine Knie sind weich geworden, als sie wegging, nicht mal 'nen Fluch hatte ich mehr auf der Zunge.«

Er schwieg und brach dann wieder ärgerlich los: »Ich will sie überhaupt nicht mehr sehen, weil sie mich quält, sollen doch die beiden marschieren, bis sie zu einem Graben voller Dornen kommen, recht geeignet, um darin zu sterben.«

»Mir scheint«, sagte Caeltia, »Ihr wollt sie deshalb nicht sehen, weil Ihr sie zu gern sehen wollt.«

»So ist es«, knurrte Mac Cann. »Und es ist auch so, daß Ihr ein naseweiser Mensch seid, dem der Mund nie stillsteht. Also gehen wir jetzt hinüber zu der Frau, und Ihr sprecht mit ihr mit Eurer flinken Zunge und Euren flotten Fragen.«

Damit stürzte er nach vorn und knuffte den Esel so unvermutet in den Bauch, daß der vom Boden in die Höhe sprang und anfing zu rennen, ehe seine Beine wieder die Erde berührten.

Als sie ein paar Dutzend Schritte gegangen waren, fing Mac Cann an, wie ein Wilder zu brüllen: »Was ist mit dir, Eileen Ni Cooley? Was ist das für ein Mensch, der da neben dir geht?«

Und er fuhr fort, Fragen wie diese zu brüllen, bis sie die beiden erreicht hatten. Die Leute blieben bei seinem Gebrüll stehen.

Die Frau war groß und mager und hatte rotes Haar. Ihr Gesicht war bedeckt mit Sommersprossen, und man sah ihre zarte Haut nur an wenigen Stellen. Auf den ersten Blick war die Ähnlichkeit zwischen ihr und Finaun ungewöhnlich groß. Man sah diese Ähnlichkeit im Schwung der Brauen, in den Backenknochen, in einem Blick der Augen, und dann verschwand sie bei einer Kopfhaltung und tauchte bei einer anderen wieder auf. Eben jetzt schien es, als blickten ihre blauen Augen wütender als je in eines Weibes Kopf. Sie lehnte sich auf einen dicken Eschenstock und sah den Näherkommenden entgegen, sprach aber kein Wort.

Der Mann neben ihr war ebenfalls groß, dürr und klapprig wie eine Hopfenstange und schäbig gekleidet. Er hatte nicht viel Mark in den Knochen, denn seine Knie waren wackelig, und seine großen Füße traten in sonderbarem Winkel nach auswärts, doch sein Gesicht war außergewöhnlich klug und mußte in seiner Jugend schön gewesen sein. Trunksucht und Krankheit hatten an seinem Fleisch gezerrt und gemeißelt, und es war ihm nichts Anmutiges geblieben außer seinen Augen, die scheu und zärtlich blickten wie bei einem Rehkitz, und seinen Händen, die nie etwas anderes getan hatten, als an Frauen herumzustreicheln. Auch er stützte sich ruhig auf seinen Knüppel und behielt Patsy Mac Cann im Auge.

Auf ihn trat Patsy zu. Er sah die Frau kein einziges Mal an, obwohl er die ganze Zeit nicht aufhörte, ihr Fragen zuzubrüllen. Er trat geradewegs auf den Mann zu und musterte ihn scharf.

»Und wie geht's so?« brüllte er mit fürchterlicher Herzlichkeit. »Ist 'ne Weile her, seit ich dich gesehen hab, und damals war stockfinstre Nacht.«

»Mir geht's gut«, sagte der Mann.

»Klar«, sagte Patsy, »wieso auch nicht. Bist du im breiten Schoß des Glücks geboren und drin geblieben? Tja, so ist es nun mal, daß die Männer von den schmalen kleinen

Seitenwegen alles Glück haben und die, die auf der großen Straße ziehen, nichts haben als kaputte Füße. Alles Gute, alter Freund, und mögest du noch lange wallfahrten. Wie?«

»Ich hab kein Wort gesagt«, entgegnete der Mann.

»Und hast einen Stock in der Hand, der einem Berg den Schädel spalten würde, von einem Mann ganz zu schweigen.«

»Es ist ein guter Stock«, sagte der Mann.

»Würdest du ihn den Bruder oder den Ehemann von dem nennen, den die Frau in ihren geschickten Händen hat?«

»Ich würde ihn nur einen Stock nennen«, meinte der Mann.

»Gewiß, so nennt man das«, sagte Patsy, »denn ein Stock hat nicht mehr Seele als eine Frau, und das ist eine große Gnade und ein großer Trost, denn sonst wäre der Himmel voller Weiber und Holz, und es gäbe keinen Platz mehr für die Männer und das Saufen.«

»Die Rothaarige kam mit großen Schritten auf Patsy zu, legte ihm die Hand auf die Brust und gab ihm einen starken Stoß.

»Ob du nun reden oder raufen willst«, sagte sie, »halte dich an mich, denn dieser Mann kennt dich nicht.«

Patsy wandte sich ihr mit breitem Lachen zu.

»Es ist das einzige Vergnügen in meinem Leben, wenn du Hand an mich legst«, spottete er. »Gib mir noch 'nen Schubs, ganz fest, damit ich dich wirklich spüre.«

Die Frau hob ihren Eschenstock drohend und kam geduckt auf ihn los, aber der Ausdruck in seinem Gesicht war so, daß sie die Hand wieder sinken ließ.

»Du machst mir Spaß«, sagte Patsy, »und so war es schon immer, aber von jetzt ab werden wir dicke Freunde sein, du und ich und der Mann mit dem Stock: wir wollen gemeinsam überall auf der Welt krumme Wege gehen und uns amüsieren.«

»Wir gehen nicht mit dir, Padraig«, sagte die Frau. »Und wohin du heute auch deinen Weg nimmst, der Mann und ich werden einen anderen gehen.«

»Puuh«, sagte Patsy. »Wege gibt's überall, damit hast du recht, und auf jedem gibt's Männer.«

14. KAPITEL

Während dieses Gesprächs standen die anderen in ernstem Halbkreis und hörten aufmerksam zu. Caeltia blickte zum Himmel auf und schaltete sich ein.

»In einer Minute ist der Regen da. Wir wollen lieber Schutz suchen gehen.«

Mac Cann löste seinen Blick von Eileen Ni Cooley und ließ ihn über Himmel und Horizont schweifen.

»So ist es«, sagte er. »Gehn wir weiter. Geredet haben wir jetzt alle genug. Weiter droben am Weg steht ein verfallenes Haus. Nur ein paar Schritte weiter auf dieser Straße. Ich weiß nämlich noch, daß ich letztes Mal, als ich hier war, dran vorbeigekommen bin. Dort können wir uns unterstellen, solang es gießt.«

Er wandte sein eigensinniges Gesicht wieder der Frau zu.

»Du kannst mitkommen, wenn du willst; kannst auch bleiben, wo du bist, wenn du willst, oder meinetwegen zum Teufel gehn«, sagte er und stapfte hinter seiner Tochter her. Die Frau hatte eben den Cherub bemerkt und musterte ihn mit ihrem ruhigen Blick.

»Wuu«, sagte sie, »ich bin keine, die sich fürchtet, bin's nie gewesen. Also gehn wir alle mit und reden, solang das Wetter naß ist, über unsere Sünden.«

Alles setzte sich wieder in Bewegung. Patsys Gruppe ging voraus, gefolgt von der Frau, dem Mann und Art, dem Cherub.

Die Sonne war verschwunden. Wilde Wolken türmten sich zu zerklüfteten Bergen am Himmel, die Welt wurde glanzlos und kalt. Vor der grauen Luft stand Arts Gesicht im Profil, klar umrissen, still und schön.

Eileen Ni Cooley beobachtete ihn neugierig, als sie so nebeneinander hergingen, und der fremde Mann, ein schiefes Lächeln um die Lippen, betrachtete sie mit der gleichen Neugier. Sie zeigte auf Patsy Mac Cann, der ein paar Meter weiter vorne energisch vorwärtsstapfte.

»Junge«, sagte sie, »wo habt Ihr diesen Mann aufgelesen? Ihr beiden seht nicht so aus, als ob ihr zusammenpaßt.«

Art hatte die Hände in den Taschen, wandte sich um und sah sie geruhsam an.

»Und wo habt Ihr diesen Mann aufgelesen?« Er nickte ihrem Begleiter zu. »Und wo hat er Euch aufgelesen? Ihr seht nämlich auch nicht so aus, als ob ihr zusammenpaßt.«

»Tun wir auch nicht«, sagte die Frau hastig, »kein bißchen passen wir zusammen. Der Mann und ich streiten den ganzen Tag und die ganze Nacht und drohen uns alle paar Minuten, daß wir den anderen verlassen.«

Der Mann starrte sie an. »Steht es so um uns?« fragte er.

»Ja«, sagte sie zu Art, »so steht es um uns, mein Schatz. Dieser Mann und ich haben keine Liebe mehr füreinander, haben auch nie welche gehabt.« Der Mann blieb plötzlich stehen, nahm den Knüttel in die Linke und streckte die Rechte nach ihr aus.

»Leg deine Hand hier herein«, sagte er, »und schüttel die meine gründlich, und dann geht jeder seiner Wege.«

»Wovon sprichst du?« fragte sie.

Stirnrunzelnd und mit wildem Blick erwiderte er: »Nicht einmal die Gnade Gottes würde ich festhalten, wenn ich sähe, daß sie sich davonmacht. Also leg deine Hand in meine hier und geh deiner Wege.«

Eileen Ni Cooley legte ihre Hand leicht verlegen in die seine und wandte den Kopf ab.

»Da hast du sie«, sagte sie.

Da machte der Mann kehrt und schlurfte den Weg zurück, den sie gekommen waren, sein Knüttel setzte mit scharfem Laut auf dem Boden auf, und er drehte sich kein einziges Mal um.

Er war noch keine hundert Schritt weit, da setzte der Regen ein: mit einem feinen, geräuschlosen Nieseln.

Sie schlang sich den Schal mit rascher Bewegung um Kopf und Schultern und setzte sich in Trab. Art folgte ihr mit langen, abwechselnden Sprüngen auf jedem Fuß.

Sie hatten einen schmalen Fußpfad erreicht, der in einem spitzen Winkel von der Hauptstraße abzweigte.

»Dort hinauf!« rief Patsy, und die Gesellschaft eilte hinter ihm her und überließ Esel und Karren dem Unwetter.

Etwa zwei Minuten entfernt, weiter oben am Weg stand ein kleines, gänzlich verfallenes Haus. Wo das Fenster gewesen war, gähnte eine schwarze Höhle, und auch in den Wänden waren Löcher. In diesen Löchern wedelten Gräser und Unkraut, auch entlang dem Fensterbrett. Das Dach war mit räudigem Stroh gedeckt, es wuchs roter Mohn darin.

Patsy stieg durch die niedrige Fensteröffnung, und die anderen kletterten hinterher.

15. KAPITEL

Drinnen im Haus war ein Boden aus gestampfter Erde, vier Wände und reichlich Luft. Die Winde bliesen durch das leere Gebäude, denn aus welcher Richtung ein Wind auch kommen mochte, er fand freien Zugang. Überall auf dem Boden lagen Steine. Einige waren aus den Wänden gefallen, die meisten aber von vorüberkommenden Kindern durchs Fenster geworfen worden. Spinnweben breiteten sich aus in diesem Haus, das Dach war bedeckt von ihnen und auch die Wände. Es war ein Haus voll Staub, und wenn es naß genug wäre, würde es auch ein Haus voll Schlamm werden, und vom langen Leerstehen und Verfall roch es muffig.

Doch der Schar waren Staub, Steine oder Spinnen ganz gleichgültig. Sie stießen die Steine beiseite und setzten sich an einer geschützten Stelle auf den Boden, dort, wo einmal der Herd gestanden hatte, und wenn eine Spinne über einen von ihnen hinweglief, so war es erlaubt.

Patsy holte eine Tonpfeife heraus und zündete sie an, und Caeltia entnahm seiner Tasche eine silbern beschlagene Bruyèrepfeife, zündete sie an und rauchte sie.

Draußen begann der Regen plötzlich mit leisem Geräusch zu fallen, und im Raum wurde es dunkel. Im Inneren herrschte eine brütende Stille, denn keiner sprach. Alle warteten, daß der andere anfinge.

Eigentlich waren sie alle erregt gewesen, als sie hereinkamen, denn das verzerrte Gesicht Patsys und die wilden Augen von Eileen Ni Cooley hatten ihnen das Blut aufgepeitscht. Der unheilverkündende Ton einer Tragödie lag in der Luft, und nun warteten alle darauf, ob sie in dem Stück eine Rolle hätten.

Doch die plötzliche Veränderung der Atmosphäre wirkte wie eine unbekannte Chemikalie in ihrem Blut, und das Rauschen des fallenden Regens dämpfte ihre Stimmung, der Moder des schlafenden Hauses stieg ihnen zu Kopf wie ein Opiat, und das Schweigen des Ortes hüllte sie ein und zwang sie zum gleichen Schweigen.

Wir sind Anpasser, fast gegen unseren Willen reagieren wir auf Geräusch und Farbe unserer Umgebung und haben immer noch Verbindung zu Chamäleon und Motte. Die untergehende Sonne bestrahlt uns mit Frieden, und wir sind glücklich. Die schweigenden Berggipfel legen uns einen Finger auf die Lippen, und wir sprechen flüsternd. Die Wolken leihen uns ihre Fröhlichkeit, und wir sind vergnügt. Darum saßen sie eine Weile und kämpften mit den öden Gespenstern des zerstörten Hauses, den trüben Geistern, die nicht lange genug tot waren, um glücklich zu sein. Denn anfangs und für längere Zeit ist der Tod kummervoll, aber später sind die Toten zufrieden und lernen, sich neu zu formen.

Patsy zog an seiner Pfeife und sah sich um.

»He«, rief er mit plumper Heiterkeit: »Wo ist denn der Mann hin, der mit dem dicken Stock? Wenn er schüchtern ist, laßt ihn reinkommen, und wenn er wütend ist, laßt ihn auch reinkommen.«

Eileen Ni Cooley saß dicht neben Art. Sie hatte den Schal von ihrem Kopf sinken lassen, und ihr Haar leuchtete in der Dämmerung wie eine Fackel.

»Der Mann ist fort, Padraig«, sagte sie, »er hatte unsere Gesellschaft satt und ist jetzt unterwegs zu seinen eigenen Freunden.«

Patsy sah sie aus leuchtenden Augen an. Er hatte den Modergeruch des Hauses nicht mehr in der Nase, und die Stille verließ ihn mit einem Schlag. »Da sagst du mir etwas Schönes, Eileen«, flüsterte er. »Und nun sag mir noch: Ist der Mann aus eigenem Willen weggegangen, oder hast du ihn weggeschickt?«

»Es war wohl ein bißchen von beidem, Padraig.«

»Wenn es regnet«, sagte Patsy, »ist das die richtige Zeit, um gute Neuigkeiten zu hören. Das ist eine gute Neuigkeit, und eben jetzt regnet es.«

»Neuigkeiten brauchen nicht gut oder schlecht zu sein, es genügt, daß es Neuigkeiten sind«, entgegnete sie, »und dabei wollen wir es lassen.«

Nun redete Caeltia sie an: »Ist das denn ein gutes Leben für Euch, wenn Ihr so allein durch das Land zieht und Bekanntschaften schließt, wo es Euch gerade einfällt?«

»Ich führe das Leben, das mir paßt«, erwiderte sie, »ob es gut oder schlecht ist, tut nichts zur Sache.«

»Sagt mir den Grund, warum Ihr Euch nie von ihm habt lieben lassen, wo er es doch so gern wollte?«

»Er ist ein herrischer Mensch«, sagte sie, »und ich bin eine stolze Frau. Keiner von uns würde je nachgeben. Wenn einer von uns etwas will, wäre der andere dagegen. Wir könnten nicht miteinander leben. Sage ich schwarz, würde er weiß sagen: sagt er Ja, würde ich Nein sagen. So sind wir eben.«

»Er liebt Euch sehr.«

»Er haßt mich sehr. Er liebt mich so, wie der Hund den Knochen liebt, und bald würde er mich an einem einsamen Ort mit eigenen Händen erwürgen, nur um zu sehen, wie ich ausseh, wenn ich sterbe. So ein Mann bist du für mich, Padraig, obwohl du für andere anders bist.«

»So ein Mann bin ich nicht, aber du, du bist so. Ich sage dir, wenn ich eine Frau zu mir nehme, bin ich treu, wie ich es der Mutter von dem Mädchen dort gewesen bin. Und wenn du mitkämst, hättest du von jetzt an nichts mehr zu klagen.«

»Ich weiß, was ich sage«, beharrte sie streng. »Und ich geh nicht mit dir, aber ich geh mit dem jungen Mann hier neben mir.«

Bei diesen Worten legte sie Art die Hand auf den Arm und ließ sie dort.

Mary Mac Cann an ihrem Platz richtete sich plötzlich auf und wurde sehr aufmerksam. Art wandte sich um und brach in Gelächter aus, als er Eileen kritisch musterte.

»Mit Euch geh ich nicht«, sagte er. »Ich kann Euch kein bißchen leiden.«

Sie lächelte ein hartes Lächeln und zog die Hand von seinem Arm.

»Schlimm für mich«, sagte sie, »dir tut's wenig, du junger Spund!«

»Diese Antwort ist ja ganz neu bei dir«, sagte Patsy und grinste ruppig.

»Stimmt, heut ist ein ganz neuer Tag für mich, ein trüber Tag, denn es ist der erste Tag meines Alters.«

»Im Straßengraben wirst du enden«, brüllte Patsy, »im Straßengraben wie eine alte Mähre mit gebrochenem Bein.«

»Das werd ich«, fauchte sie, »wenn es soweit ist. Aber du wirst mich nicht umbringen dürfen, Padraig.«

Finaun saß neben Mary, ihre Hand in der seinen, doch sie riß sie mit einem Ruck weg und funkelte Eileen so grimmig an, daß diese aufblickte.

»Du brauchst nicht böse auf mich zu sein, Mary«, sagte sie. »Ich hab dir nie was zuleid getan, und auch jetzt werde ich es nicht können, denn es liegen Jahre zwischen uns, die mir das Kreuz brechen werden.«

Nun sprach Finaun – wie es schien, mehr zu sich selbst als zu den übrigen. Er strählte seinen weißen Bart mit den Fingern beim Sprechen, und alle sahen ihn an.

»Der spricht im Schlaf«, sagte Eileen sinnend, »und ist ein alter Mann, ein netter alter Mann.«

»Mein Vater«, sagte Caeltia, so als wolle er sich entschuldigen, »es ist nicht notwendig, darüber zu sprechen.«

»Es ist sogar dringend notwendig, du mein Lieber«, erwiderte Finaun mit seinem bedächtigen Lächeln.

»Ich wünschte, du tätest es nicht«, murmelte Caeltia und hob ein wenig die Hand.

»Ich bitte dich um Erlaubnis, mein Sohn«, sagte Finaun. Caeltia spreizte die geöffneten Hände und ließ sie wieder sinken.

»Was immer du tun willst: es ist gut, Vater.« Dabei ließ er flüchtig errötend die Pfeife in die Tasche gleiten.

Finaun wandte sich an Eileen Ni Cooley: »Ich will euch eine Geschichte erzählen«, sagte er.

»O ja«, sagte Eileen. »Geschichten hör ich gern. Bei einer Geschichte könnt ich Tag und Nacht zuhören.«

Mac Cann zog bedeutsam an seiner Pfeife und blickte zu Finaun hinüber, der ihn aus seiner Ecke friedlich ansah.

»Ihr macht mir Spaß«, sagte er zu dem Erzengel.

16. KAPITEL

Finaun sprach: »Generation folgt auf Generation, und der Mensch muß immer wieder den gleichen Kampf kämpfen. Am Ende siegt er, braucht den Kampf nie mehr durchzufechten und ist dann bereit für das Paradies.

Jeder Mensch hat von Anfang an einen Feind, dem er nie entkommt, und die Geschichte seiner verschiedenen Leben ist die Geschichte seiner Kämpfe mit diesem Feind, den er in sein eigenes Sein einbeziehen muß, ehe er selbst ein wahres Sein erreicht, denn einen Feind kann man nie zermalmen, jeden Feind aber gewinnen.

Lange ehe die Fundamente der Welt gelegt wurden, als

man die Stimme hörte und die Heerscharen der Stimme durch die Finsternis zogen, entstanden zwei Menschen zugleich mit dem Universum, ihrer Hülle. Sie durchlebten Milliarden von Existenzen, sahen einen Stern nach dem anderen in der Weite des Himmels aufflammen und erkalten, und in allem Wechsel der Sterne und Gezeiten ihrer Leben haßten sie einander. Zuzeiten war der eine von ihnen eine Frau und der andere ein Mann, und wiederum zu gegebener Zeit wurde derjenige, der Frau gewesen war, Mann und der andere Frau. So konnte ihre Schlacht in jener Vertrautheit neu beginnen, wie sie nur aus Verschiedenartigkeit und Distanz entsteht, die ihren Reiz ausmacht.

Während ihrer zahllosen Leben hatten sie viele Namen und lebten in vielerlei Ländern, doch ihre Namen für die Ewigkeit waren Finaun Mac Dea und Caeltia Mac Dea, und wenn die Stunde gekommen ist, werden sie nur Mac Dea heißen und nicht anders. Sie werden eins geworden sein, eins in ungeheurer Größe, eins im nimmerendenden Leben der Ewigkeit, die Gott ist. Noch aber, während Welt auf Welt und Stern auf Stern sich flammend folgen, jagen sie einander mit einem Haß, der sich allmählich zur Liebe wandelt.

Es war weder auf der Erde noch auf einem anderen Planeten, als die Liebe für die beiden begann, es war in der Hölle. Einer Hölle, die sie sich aus Schrecken, Lust und Grausamkeit selbst bereitet hatten. Denn während sie zwischen ihren Dämonen saßen, keimte in der Seele des einen ein Samenkorn, das Samenkorn der Erkenntnis, die der Liebe verwandt ist und auch verwandt ist mit allem Schrecklichen und Schönen in Welten und Himmeln. Während der eine auf den Gefährten blickte und sich dabei wie in Qualen wand, kam ihm das Bewußtsein, und obwohl er den anderen noch voll Wut betrachtete, war es doch eine andere Wut, denn mit ihr kam die Verachtung, und sie waren nicht länger gleich an Macht und Haß.

Jetzt zum ersten Mal wünschte sich der, in dem die Erkenntnis entstanden war, dem Gefährten zu entrinnen. Er wollte von ihm fort, um diesen Feind nie wieder sehen zu müssen, denn plötzlich erschien er ihm häßlich wie eine Kröte, die im Schlamm kriecht und blindlings ihr Gift verspritzt. Doch er konnte nicht entkommen, würde ihm niemals entkommen können.

Der an Wissen zugenommen hatte, nahm auch zu an Grausamkeit und Macht, und seine Begierde wurde fürchterlich, denn jetzt mischte sich Furcht in seine Verachtung, weil er nicht entrinnen konnte. So manches Mal flohen sie einander. Aber wohin sie auch flohen, immer wurden ihre Schritte wieder zueinander gelenkt. Beim Festmahl, im Lager, in der Wildnis stießen sie aufeinander und nahmen den Streit wieder auf, der ihnen Blut und Leben bedeutete.

Und der andere, in dem die Erkenntnis nicht erwacht war? Der tobte wie ein wildes Tier. Er dachte in Blut und Fieber, seine Zähne, die Nägel an seiner Hand waren sein Hirn. List kam ihm schleichend zu Hilfe gegen die Erkenntnis, an düsteren Orten lag er im Hinterhalt und lauerte auf den Feind, legte ihm Schlingen in der Dunkelheit, lockte ihn mit Ködern in die Falle. Er heuchelte Demut, um seiner Rache näherzugelangen, doch gegen die Erkenntnis kam er nicht an. Immer aufs neue wurde er der Sklave des anderen, und als Sklave und Herr begannen sie grausam den Kampf aufs neue, bis endlich die Erkenntnis sich auch im anderen regte und er bewußt wurde. Nun begann die uralte Feindschaft sich zu verändern. Die Verachtung stand ihm nicht mehr zu Gebote; der andere war älter und weiser, denn weise sein bedeutet alt sein. Für Verachtung gab es keinen Ansatzpunkt, aber jetzt schärfte der Neid ihm die Waffen und salzte seinen Zorn. Sie kämpften von neuem, ohne Unterlaß.

Jetzt tasteten jedoch ihre Hände nicht mehr offen und dringlich an der Kehle des anderen. Nun kämpften sie versteckt, mit Lächeln, mit höflichen Worten, unter Einhaltung der Anstandsregeln, hörten aber nie auf, sich zu befehden, ließen keinen Vorteil ungenutzt und halfen dem nicht auf, der gestürzt war.

Ein neuer Wandel: nun kämpften sie nicht mehr im Namen des Hasses, sondern unter der heiligen Devise Liebe. Wieder und wieder, Leben nach Leben vernichteten sie einander. Ihre Begierde war zur Raserei geworden, und in dieser Begierde bekämpften sie sich verbissener als je. Sie zerstörten einander das Leben, sie traten ihre Ehre in den Schmutz, sie erschlugen sich gegenseitig. Keiner ihrer Kämpfe war so entsetzlich gewesen. Es gab kein Nachlassen, keinen Augenblick Ruhe. Sie kannten einander mit dem oberflächlichen Wissen, das so klar scheint und doch nicht mehr erklärt als den oben auf dem Dasein treibenden Schaum. Sie kannten einer des anderen Schäbigkeit und sogen das Übermaß an Bösem bis zum Bodensatz ein, bis sie vom Bösen nichts mehr lernen konnten. Ihre Leben, in denen sich verbissene Energie und trübselige Erschöpfung abwechselten, näherten sich dem Stillstand, aber sie erreichten ihn nicht. Der Horizont entschwand, es waren Fesseln an den Füßen der Winde. Die Sonne äugte wie aus einer Maske, und das Leben glich einem Raum, in dem dumpfe Stimmen eintönig murmeln, in dem etwas ewig wiederholt, aber nie deutlich ausgesprochen wird, wo sich immer aufs neue Hände heben und doch nichts geschieht, wo der Geist schwelt und flackert, ohne einen Gedanken zu entzünden.

Sie hatten ein Ende erreicht, und es glich einem Abgrund, den sie in schwindelndem Sturz hinabwirbeln oder sich Flügel wachsen lassen mußten, um sich daraus aufzuschwingen. Denn sich vollenden, heißt bewußt werden. Wieder einmal nahmen sie sich selbst überdeutlich wahr. Sie waren lasterbewußt, und die Tugend lebte nur als Traum, als Illusion oder auch Lüge in ihrer Vorstellung.

Und dann – auch das ist lange her, ach, so lange. Damals war die Mondgöttin noch jung, sammelte abends rosige Wölkchen um sich, sang mittags aus Busch und Felswand, hüllte ihre Brüste in tauige Dunkelheit und erwachte mit Freudenschreien zur Sonne; sie pflegte ihre Blumen im Tal, trieb ihr Vieh auf saftige Weiden, sang ihren Völkerscharen von Wachstum und Glück, während ihre Füße neben dem Pflug in die Furche traten und ihre Hand die Sichel führte und die Garbe band. Große Liebe schenktest du, als du eine Mutter warst, o du Schöne, die nun silberweiß ist und Eis trägt auf dem uralten Kopf.

Und wieder lebten die beiden und waren vermählt. Wer von ihnen wer war auf dieser traurigen Pilgerfahrt, kann man heute unmöglich mehr wissen. Das Gedächtnis versagt bei einer so langen Geschichte, und sie waren so ineinandergeflossen, bei aller Verschiedenheit so ähnlich, daß sie im großen Erinnern allmählich eins wurden. Wieder nahmen sie die uralte Bürde auf, wieder riß die Begierde sie in ungestüme Umarmungen, in denen viel Widerwille und sehr wenig Liebe war. Seht denn nun die beiden, Mann und Frau, wie sie im heiteren Licht wandern, sich an der Hand nehmen mit einer Freundlichkeit, die keine Wurzeln hat, und Worte der Zuneigung sprechen, die ihre Seelen stöhnend der Lüge bezichtigen.

Die Frau war schön, so schön wie ein Stern, der die Leere bescheint und sich vor der Unendlichkeit nicht scheut, sie war so fein wie ein grüner Baum an einem

Teich, der sich geruhsam vor der Sonne neigt. Sie war so lieblich wie ein Feld von süßem Korn, das sich in einer einzigen trägen Bewegung im Winde räkelt. Die beiden loteten ihre Begierde aus und fanden, daß auf deren Grund die Sünde brütete, und wurden ihrer selbst und alles Bösen bewußt.

In dem Brunnen, den sie gegraben hatten, saß ein Dämon, und immer, wenn sie ihre Hölle neu gegründet hatten, quälte er sie. Er war die Summe alles Bösen, Zeitalter nach Zeitalter erschufen sie ihn immer neu, bis er so riesig und schrecklich war wie ein Sturm, und so wie sie nach einander gierten, gierte er nach ihnen.

Eines Tages nahm der Elende die Gestalt eines Mannes an und kam heimlich zur Frau, die unter schweren Apfelbaumzweigen im Garten umherging. Ihre Füße traten dicht nebeneinander im Gras hin und her, und ihre Stimmen sprachen miteinander, bis eines Tages die Frau bitterlich darüber weinte, keine Flügel zu haben und mit dem Phantom geradewegs zum Abgrund lief und mit schrillem Gelächter hinabsprang, einem Gelächter, das ein Wehgeschrei war. Drunten war sie die Konkubine ihres Dämons, und in dem Abgrund, der Schlucht des Bösen, zauberte sie für ihre gequälte Seele die Tugend herbei und stahl Kraft von dem Dämon. Und sie saß zwischen den Felsen dort unten.

Und der Alte Elende neben ihr lachte sein Lachen, und als sie ihn anschaute, rollten sich ihre Augen im Kopf rückwärts, und als sie nochmals hinschaute, sah sie alles anders, denn in der Zwischenzeit hatte das Wissen in ihr Knospe und Blüte getrieben, und sie sah wissend. Sie sah sich und den Dämon und den Mann, und sie betete den Dämon an. Während sie betete, pflückte sie kleine blaue Blumen, die spärlich zwischen den Felsbrocken sproßten und wand sie zu einem Kranz. Sie wand diesen Kranz mit

Tränen und Seufzern, und als er gewunden war, gab sie ihn dem Dämon in die Hand und bat, er möge ihn dem Mann bringen. Er gehorchte, weil er gern lachte über ihre Not, und nun witterte sein eisernes Maul Gelächter.

So kam der Dämon in schrecklicher Gestalt zu dem Mann, der im schwankenden Grün eines Obsthaines wandelte, gab ihm den Kranz und sprach: ›Meine Konkubine, deine Liebste, schickt dir Grüße und ihre Liebe und diesen Blumenkranz, den sie mit eigenen Händen in der Hölle gewunden hat.‹

Der Mann sah die Blumen und spürte sein Herz wie Wasser strömen.

›Bring sie zu mir‹, sagte er zu dem Dämon.

›Das werde ich nicht tun‹, erwiderte der Elende.

Da sprang der Mann plötzlich auf den Dämon los, schlang ihm die Arme um den kalten Hals und umklammerte ihn wütend mit den Knien.

›Dann werde ich mit dir zu ihr gehen‹, sagte er. Und zusammen stürzten sie sich kopfüber in den Abgrund, und beim Fall ins Dunkel kämpften sie erbittert.«

17. KAPITEL

Mac Cann schlief, aber als Finauns Stimme verstummte, wachte er auf, reckte sich und gähnte laut.

»Hab kein Wort gehört von der Geschichte«, sagte er.

»Ich habe sie gehört«, sagte Eileen Ni Cooley, »und es war eine gute Geschichte.«

»Worum ging's denn?«

»Das weiß ich nicht«, erwiderte sie.

»Mary, weißt du, worum's ging?«

»Nein, ich dachte gerade an was anderes.«

Finaun ergriff ihre Hand.

»Es war nicht nötig, daß einer von euch wußte, wovon die Geschichte handelte – außer dir allein.« Und er blickte Eileen Ni Cooley sehr freundlich an.

»Ich hab zugehört«, sagte sie, »und es war eine gute Geschichte. Ich weiß wohl, wovon sie handelt, aber sagen könnt ich's nicht.«

»Das muß eine sonderbare Geschichte gewesen sein«, sagte Patsy bedauernd. »Ich wollt, ich wär nicht eingeschlafen.«

»Ich war für dich wach«, sagte Caeltia.

»Was das schon nützt«, meinte Patsy mürrisch.

Es regnete immer noch.

Der Tag neigte sich, schon zog der Abend ein düsteres Netz quer über den Himmel. In dem verfallenen Haus hatte das Licht nachgelassen, war zu brauner Dunkelheit geworden, und jedem schien darin das Gesicht des anderen bleich und gespannt, als sie da auf dem Lehmboden kauerten. Wieder ergriff das Schweigen sie alle, und jeder richtete den Blick starr auf ein Ding oder einen Punkt an der Wand oder am Boden, während er in Gedanken versank.

Mac Cann raffte sich auf.

»Wir müssen die Nacht hierbleiben. So ein Regen hört nicht auf, solange er noch 'nen Tropfen in der Kanne hat.«

Auch Mary rührte sich: »Ich spring mal zum Karren runter und bring her, was noch zum Essen da ist. Ich hab alles zugedeckt. Ich glaub nicht, daß es zu naß ist.«

»Tu das«, sagte ihr Vater.

»Da ist eine große Flasche, in einen Sack eingewikkelt«, fuhr er fort, »sie steckt in einem Eimer vorn im Karren beim rechten Holm. Und in der großen Flasche ist noch ein kleiner Schluck Whisky.«

»Dann bring ich die auch?«

»Du bist ein braves Mädel«, sagte er.

»Was soll ich heute nacht mit dem Esel machen?« fragte Mary.

»Gib ihm einen Tritt«, sagte ihr Vater.

18. KAPITEL

Der Esel stand ruhig da, wo man ihn zurückgelassen hatte.

Der Regen strömte von ihm, als sei er der Vater der Flüsse und versorge die Welt mit fließendem Wasser. Es spritzte ihm von den Flanken, sprang ihm vom Schwanz, schäumte ihm über Stirn und Nase und fiel von dort mit dumpfem Aufprall auf den Boden.

»Ich bin sehr naß«, sagte der Esel vor sich hin, »und ich wollte, ich wäre es nicht.«

Seine Augen waren starr auf einen braunen Stein gerichtet, der eine Unebenheit auf dem Rücken hatte. Jeder Regentropfen, der auf den Stein fiel, sprang zweimal hoch und spritzte dann erst zur Erde. Einen Augenblick später sprach er wieder zu sich selber: »Mir ist es egal, ob es zu regnen aufhört oder nicht, denn sehr viel nasser kann ich nicht mehr werden, ganz gleich, wie es weitergeht.«

Als er dies gesagt hatte, tat er das Thema Wetter ab und fing an, nachzudenken. Er ließ den Kopf leicht hängen und richtete den Blick auf einen fernen Punkt, starrte geistesabwesend darauf hin, ohne etwas zu sehen, sammelte seine Gedanken und ließ sie kreisen.

Das erste, woran er dachte, waren Karotten.

Er dachte an ihre Form, ihre Farbe, an die Art, wie sie in einem Eimer aussahen. Bei einigen stand das dicke

Ende nach oben, bei anderen wiederum das dünne, am einen oder anderen Ende klebte immer ein Klümpchen Erde. Einige lagen auf der Seite, wie in Schlaf gesunken, einige standen schräg nach oben, als lehnten sie sich mit dem Rücken an eine Wand und könnten sich nicht darüber klar werden, was als nächstes zu tun sei. Doch wie auch immer sie im Eimer aussahen, sie schmeckten alle gleich, und sie schmeckten alle gut. Sie sind ein umgängliches Futter, machen beim Zerbeißen ein angenehm malmendes Geräusch, daher kann man beim Fressen gelber Rüben dem Geräusch des eigenen Fressens zuhören und daraus eine Geschichte machen.

Disteln rascheln, wenn man sie durchbeißt: sie schmecken ganz eigen.

Gras macht überhaupt keinen Lärm, es rutscht stumm hinab und gibt keinerlei Zeichen von sich. Brot macht kein Geräusch, wenn ein Esel es frißt. Es hat einen interessanten Geschmack und bleibt lange an den Zähnen hängen.

Äpfel riechen gut und knuspern sich fröhlich, aber der Geschmack von Zucker bleibt länger im Maul, und man kann sich an ihn länger erinnern als an alles andere, er gibt einen kurzen scharfen Knirschlaut von sich, der einem Fluch gleicht und beglückt einen sofort mit seinem Geschmack.

Bei Heu kann man das Maul sehr voll nehmen, es läßt beim ersten Zubiß ein knisterndes Knacken hören und sagt dann nichts mehr. Es steht einem aus dem Maul wie ein Schnurrbart und läßt sich mit den Augen verfolgen, während es sich mit den Bewegungen des Mauls hin- und herbewegt. Es ist ein freundliches Futter und ausgezeichnet für jemanden, der hungrig ist.

Hafer ist kein Futter, sondern ein großer Segen, eine Wollust, er macht so stolz, so übermütig, daß man das

Vorderbrett des Karrens eintreten, auf einen Baum klettern, eine Kuh beißen und Hühner jagen möchte.

Mary kam angerannt und schirrte ihn vom Karren ab. Sie küßte ihn auf das triefende Maul. »Du armer Kerl du«, sagte sie, nahm eine große Papiertüte vom Karren und hielt sie ihm ans Maul. In der Tüte war Streuzucker, und ein halbes Pfund blieb ihm beim ersten Lecken an der Zunge kleben.

Als sie mit dem Bündel Proviant zum Haus zurückging, sah der Esel ihr nach.

»Du bist ein braves Mädchen«, sagte der Esel.

Er schüttelte sich und verscheuchte seine Gedanken, dann trottete er rasch auf dem Weg hierher und dorthin, um nachzusehen, ob etwas Lohnendes zu finden sei.

19. KAPITEL

Sie teilten sich alles Eßbare: es gab nur wenig, und einiges war naß, aber sie bekamen doch jeder ein Stück Brot, ein fingerdickes Stück Käse und drei kalte Kartoffeln.

Mary sagte, ihr sei nicht ganz gut und reichte zwei ihrer kalten Kartoffeln dem Cherub Art, der sie mit Leichtigkeit bezwang.

»Ich wollte, die hättest du mir gegeben«, sagte ihr Vater.

»Ich geb dir eine von meinen«, sagte Eileen Ni Cooley und warf ihm eine hinüber.

Mac Cann steckte sie ganz in den Mund und aß sie wie in Trance. Er starrte Eileen an.

»Warum hast du mir deine Kartoffel gegeben?« fragte er.

Eileen errötete so stark, daß keine Sommersprosse in ihrem Gesicht mehr zu sehen war.

»Weiß nicht«, antwortete sie.

»Du weißt heut den ganzen Tag überhaupt nichts«, klagte er. »Du machst mir Spaß.«

Er entzündete seine Pfeife, und nachdem er eine Weile daran gezogen hatte, reichte er sie der Frau. »Da, zieh mal!« befahl er. »Und jetzt wollen wir manierlich miteinander sein.«

Eileen Ni Cooley zog an der Pfeife, reichte sie aber bald wieder zurück.

»Mit dem Rauchen hab ich's nie so recht gehabt«, sagte sie.

Caeltia hatte seine Pfeife gehörig in Gang gebracht, lehnte an der Wand, die Augen halb geschlossen und dachte zwischen den Zügen gründlich nach.

Finauns Hände hielten Marys Haar fest, das er mechanisch flocht und wieder löste. Er träumte vor sich hin. Mary lugte unter halbgeschlossenen Lidern zu Art hinüber und beobachtete gleichzeitig alle anderen, um sicher zu gehen, daß niemand sie beobachtete.

Art pfiff leise vor sich hin und betrachtete unverwandt eine Spinne. Die Spinne holte ein loses Seil ihres Zeltes ein, und zwar ganz gemächlich. Man hätte glauben können, daß auch sie rauchte.

»Was hast du denn zu Abend gegessen?« fragte Art die Spinne.

»Nichts, Sir, außer einer winzigen schmächtigen Fliege«, gab die Spinne Auskunft.

Es war eine gedrungene Spinne, schien bereits in mittleren Jahren und hatte sich damit wohl abgefunden.

»Ich hatte auch nicht mehr«, sagte Art. »Sind bei dir jetzt schlechte Zeiten oder mehr mittelmäßige?«

»Nicht ganz schlechte, Gott sei es gedankt. Die Fliegen

schwirren durch die Löcher herein, und wenn sie aus dem Licht draußen in die Finsternis hier drinnen kommen, Sir, fangen wir sie an der Wand und zermalmen ihnen die Knochen.«

»Mögen sie denn das?«

»Sie nicht, Sir, aber wir. Der Bursche mit den kräftigen, haarigen Beinen da unten neben Eurem Ellbogen hat gestern eine Schmeißfliege gefangen. An der war vielleicht was dran – kann ich Euch sagen! Sie ist immer noch nicht aufgegessen, aber diese Spinne hat eben immer Glück gehabt, außer an dem Tag, an dem sie die Wespe fing.«

»Die hat ihr wohl nicht geschmeckt?« wollte Art wissen.

»Fragt sie nicht danach, Sir, sie spricht nicht gern darüber.«

»Wie befestigst du eigentlich dein Seil?« fragte Art.

»Ich spuck aufs Ende, und dann knuffe ich mit dem Kopf dagegen, bis es kleben bleibt.«

»Na, dann viel Glück.«

»Auch Euch viel Glück, Euer Gnaden.«

Patsy zeigte auf Finaun und sagte zu Caeltia: »Woran denkt der, wenn er so'n Anfall kriegt?«

»Er spricht zur Hierarchie«, erwiderte Caeltia.

»Wer is'n das?«

»Das sind die Leute, die die Welt regieren.«

»Ach so, die Könige und Königinnen und der Heilige Vater?«

»Nein, das sind wieder andere Leute.«

Patsy gähnte.

»Über was für Sachen redet er denn mit ihnen?«

»Über alles mögliche«, erwiderte Caeltia und gähnte auch. »Jetzt fragen sie ihn gerade um Rat.«

»Und was sagt er?«

»Er spricht von Liebe«, erklärte Caeltia.

»Von der spricht er immer«, sagte Patsy.

»Und außerdem«, ergänzte Caeltia, »spricht er von der Erkenntnis.«

»Das ist auch so ein Wort bei ihm.«

»Er sagt, daß Liebe und Erkenntnis ein und dasselbe sind.«

»Zuzutrauen wär's ihm«, sagte Patsy.

Denn er war schlechter Laune. Das enge Beieinander oder das dumpfe Wetter oder die Anwesenheit von Eileen Ni Cooley oder alles zusammen machte ihn unausstehlich. Er stand auf und begann in dem engen Raum auf und ab zu gehen, stieß mit dem Fuß Steine von hier nach dort und blickte finster auf jeden. Zweimal blieb er vor Eileen Ni Cooley stehen, starrte sie an und nahm ohne ein Wort seinen Marsch wieder auf.

Plötzlich lehnte er sich ihr gegenüber an die Wand und rief: »Also, Eileen *a grah*, der Mann ist jetzt weg von dir, der mit dem dicken Knüttel und den überlangen Beinen; nach dem wirst du jammern, so ganz allein in der Nacht.«

»Es war ein guter Mann«, sagte Eileen. »In ihm war kein Arg, Padraig.«

»Er hat womöglich hin und wieder neben einer Hecke beide Arme um dich gelegt, was, und dir lange Küsse auf den Mund gegeben?«

»Ja, das hat er.«

»Soso, tatsächlich. Und er war wohl auch nicht der erste, der das getan hat, was, Eileen?«

»Da kannst du recht haben, Padraig.«

»Und wohl auch nicht der einundzwanzigste.«

»Du hast mich hier ins Haus geholt, Padraig, und die Leute um uns sind deine eigenen Freunde.«

Caeltia hatte sich ebenfalls erhoben und blickte Eileen düster an. Plötzlich sprang er auf sie zu, riß ihr mit weitausgreifender Bewegung den Schal vom Kopf und griff mit beiden Händen nach ihrer Kehle. Als ihr Kopf den Boden berührte, rang sie nach Luft. Er ließ ebenso plötzlich wieder los, stand auf und sah Patsy grimmig an, der irre grinste, dann stolperte er zu Finaun hinüber und nahm dessen Hände zwischen die seinen.

»Weh tun darfst du mir nicht, mein Lieber«, sagte Finaun und lächelte ihm tiefgründig zu.

Mary war mit einem Sprung bei Art, hatte seinen Arm genommen, und beide wichen zurück in den Hintergrund.

Eileen erhob sich, zupfte ihr Kleid zurecht, band den Schal wieder um und sah Mac Cann furchtlos an.

»Das Haus ist voller Freunde von dir, Padraig, und ich hab überhaupt niemanden bei mir. Kann ein Mann es sich besser wünschen?«

Patsys Stimme war heiser: »Willst du Streit?«

»Ich will, was immer da kommt«, erwiderte sie ungerührt.

»Gut, dann komm ich«, brüllte er und kam auf sie zu. Er hob die Hände über den Kopf und ließ sie so heftig auf ihre Schulter fallen, daß sie taumelte. »Da bin ich«, sagte er und starrte ihr ins Gesicht. Sie schloß die Augen.

»Ich wußte ja, daß es nicht Liebe war, was du wolltest, Padraig, du wolltest Mord, und den kannst du haben.«

Während sie sprach, schwankte sie unter seinem Gewicht, und ihre Knie gaben nach.

»Eileen«, sagte Patsy mit schwacher Stimme. »Ich fall um, ich kann nicht mehr stehen, Eileen. Die Knie knikken mir ein, und ich hab doch nur die Arme um deinen Hals.«

Sie öffnete die Augen und sah ihn gegen sich sinken, mit bleichem Gesicht, die Augen halb geschlossen.

»Ja doch, Padraig«, sagte sie.

Sie schlang die Arme um seinen Leib und stützte ihn, doch er war zu schwer und sank zu Boden. Da kauerte sie sich neben ihn und drückte seinen Kopf an ihre Brust.

»Aber ja, Padraig, hör doch: ich hab auf der Welt nie einen andern gern gehabt als nur dich, keiner von all den Männern war mir mehr als ein Windstoß. Gern gehabt hab ich immer nur einen – dich. Hab ich dich nicht begehrt Tag und Nacht, im Dunkeln um dich gebetet, im Morgengrauen nach dir gerufen? Das Herz tut mir weh nach dir, so ist es: wir sind miteinander verflochten, du mein Lieber. Mach dir doch nichts aus den anderen Männern und dem, was sie getan haben – es war nichts. Es war nicht mehr, als wenn Tiere auf dem Feld spielen, denen alles gleich ist. Jetzt sind wir eine Minute nebeneinander. Und wenn ich mitten im Lachen mir die Hand auf die Brust leg, bist du's, den ich berühre. Nie hör ich auf, an dich zu denken, an keinem Ort unter dem Himmel.« Sie küßten sich wie verlorene Seelen, sie stammelten, sie klammerten sich aneinander, sie drängten den Kopf des anderen von sich, um ihn anzustaunen, und verfolgten ihn mit gierigen Lippen.

In dieser Nacht dauerte es lange, bis alle einschliefen, aber schließlich schliefen sie doch.

Sie streckten sich in die Dunkelheit, mit geschlossenen Augen, und die Nacht umhüllte sie, trennte sie vom Nebenmann und umfing jeden mit dem Zauber des Schweigens und der Blindheit. Sie waren nicht mehr zusammen, obwohl nur wenige Zoll zwischen ihnen lagen. Es gab nur mehr die Finsternis, die nicht nach Zoll mißt. Die Finsternis, die weder Anfang noch Ende hat, die erscheint und verschwindet und beim Kommen und Gehen Schweigen gebietet und in ihren unsichtbaren Händen beides bereithält: Frieden und Angst.

Kein silberner Mond stand am Himmel, kein weißer Stern funkelte. Es herrschten nur noch Dunkelheit und Schweigen und das stete Rauschen des Regens.

Als Mac Cann am Morgen aufwachte, rollte er sich hastig auf den Ellbogen und schaute dorthin, wo sich Eileen Ni Cooley zum Schlaf ausgestreckt hatte, aber sie war nicht da. Sie war nirgends.

Er schrie und alle sprangen auf.

»Sie ist durchs Fenster hinaus!« brüllte er. »Der Teufel hole ihre Seele.«

BUCH III

BRIEN O'BRIEN

20. KAPITEL

Sie setzten ihre Wanderung fort.
Zutreffender ausgedrückt, sie setzten ihre Nahrungssuche fort, denn dies war in Wahrheit das Ziel jeder Tagesreise.

Auf diese Weise bewegten sie sich Tag für Tag vorwärts, schlugen praktisch jeden sich bietenden Weg ein und waren so ohne Zwischenfälle durch das zerklüftete, schöne Donegal bis hinunter nach Connaught gelangt. Sie hatten auf den Hängen rauher Berge kampiert, friedlich in tiefen Tälern geschlafen, die sich wie Korkenzieher wanden, waren wochenlang durch Connemara gezogen, am Ufer des tosenden Meeres, wo sie sich üppig von Fischen ernährten, und waren dann in die Ebenen landeinwärts und weiter – auf gewundenen Pfaden – in die Grafschaft Kerry gelangt. Manchmal bekam Mac Cann zu tun – da war ein Kessel zu flicken, der ein kleines Loch hatte, ein neuer Stiel an einem Kochtopf zu befestigen, die letzten Lebenstage eines Eimers waren zu verlängern, der längst ausgedient hatte. Derlei Arbeiten verrichtete er auf der staubigen Straße in der Sonne sitzend, und wenn er sie nicht selbst tat, tat Mary sie für ihn, während er sie kritisch beobachtete und ihr und auch den Gefährten die Geheimnisse des Kesselflickerhandwerks erklärte. »Viel«, sagte er dann wohl, »viel liegt am Schwung der Hand.« Oder auch – und das meistens zu Art, wenn der Cherub seine Geschicklichkeit an einem rostigen Topf erprobte: »Ihr werdet nie ein guter Kesselflicker, wenn Ihr keine Hand dazu habt. Behaltet die Füße in den Stiefeln und macht euch mit den Fingern dran!«

Manchmal nickte er Mary befriedigt zu und sagte: »Das ist ein Mädchen mit richtigen Händen, die keine Füße sind.«

Hände verkörperten für ihn alles, über das ein Mensch sich lobend äußern konnte; Füße waren seiner Meinung nach mit Recht zugedeckt und sollten es bleiben, es sei denn im drohenden Zwiegespräch. Füße, auf denen lief man, nun ja, das war das Geschäft eines Hundes oder Esels. Aber Hände! Über das Thema Hände konnte er sich verbreiten und einen solchen Sturm an Lobpreisungen entfesseln, daß es die restliche Unterhaltung über den Haufen blies.

Manchmal schlugen sie auf lärmenden Jahrmärkten ihr Lager auf, wo seltsam wüste Typen von Männern und Frauen Patsy und seine Tochter johlend begrüßten und überlaut an Streiche erinnerten, die zehn und zwanzig Jahre zurücklagen. Und die sich ins Trinken stürzten mit der grimmigen Heiterkeit derer, denen die Verzweiflung ein treuerer Bruder ist als die Hoffnung. Mit manchen zog man am nächsten Tag gemeinsam weiter auf den einsamen Wegen, lärmend und kreischend, und auch diese Menschen beobachteten die Engel aufmerksam und waren freundlich zu ihnen.

Eines Morgens zogen sie gemächlich des Weges. Die Augen des kleinen Trupps musterten aufmerksam die Felder rechts und links. Alle waren sie hungrig, denn seit dem vorigen Mittag hatten sie nichts mehr gegessen. Doch diese Felder trugen nichts Eßbares. Weites Grasland dehnte sich von einem Horizont zum anderen. Hier gab es nichts zu verzehren außer für den Esel. Als sie so gingen, sahen sie auf einer Böschung einen Mann sitzen. Er hatte die Arme verschränkt, einen Strohhalm im Mund und grinste über das ganze rote Gesicht. Ein verbeulter Hut war weit in den Nacken geschoben, und darunter sträubte sich ein Büschel starres Haar in alle Richtungen, wie schlecht gebündelter schwarzer Draht.

Mac Cann betrachtete diese rotgesichtige Frohnatur.

»Da haben wir einen Mann«, sagte er zu Caeltia, »der auf dieser Welt keine Sorgen hat.«

»Das muß sehr arg für ihn sein«, bemerkte Caeltia.

»Holla, Mister«, rief Patsy munter, »wie geht's, wie steht's?«

»Alles bestens«, strahlte der Mann. »Bei euch auch?«

»Wir kommen durch, Gott sei's gedankt.«

»Das ist recht.«

Er wies mit einer Handbewegung auf den Horizont.

»Ein Wetter ist das, wie?« Er sprach mit der stolzen Bescheidenheit eines Menschen, der das Wetter gemacht hat, sich dessen aber nicht rühmen will. Sein Blick ließ Mac Cann nicht los.

»Einen Hunger hab ich in mir, Mister, der wär's wert, daß man ihn füttert.«

»Das geht uns allen so«, entgegnete Patsy, »und im Karren ist nur das Holz, aus dem er gemacht ist. Aber ich laß mein Auge schweifen, und vielleicht stolpern wir mitten auf dem Weg über eine Speckseite oder einen niedlichen Fleck Kartoffelland im nächsten Feld, das voll ist von blühenden Dingsdas.«

»Eine Meile weiter auf dem Weg hier ist ein Feld«, sagte der Mann »und da gibt's alles, was einen Namen hat.«

»Was Ihr nicht sagt«, warf Patsy rasch ein.

»Aber ja doch: in dem Feld gibt's alles, und am Fuß des Hügels dahinter gibt's Karnickel.«

»Ich war früher ein guter Schütze beim Steinwerfen«, sagte Patsy. »Mary«, fuhr er fort, »wenn wir zu dem Feld kommen: du und Art, ihr lest Kartoffeln zusammen, und Caeltia und ich greifen uns Steine.«

»Ich komm mit«, sagte der Mann, »dann krieg ich auch was ab.«

»Tut das nur«, sagte Patsy.

Der Mann krabbelte die Böschung herunter. Er hatte etwas zwischen den Knien, auf das er sehr achtgab.

»Was ist denn das für ein Ding?« fragte Mary.

»Das ist eine Ziehharmonika, auf der spiel ich Lieder und verdien mir damit mein Geld.«

»Der Musizierer wird uns eins spielen, wenn wir gegessen haben«, sagte Patsy.

»Ganz bestimmt«, versicherte der Mann.

Art streckte die Hand aus. »Kann ich das Musikinstrument mal sehen?« fragte er.

Der Mann gab es ihm und fiel neben Patsy und Caeltia in gleichen Schritt. Mary und Finaun gingen wie gewöhnlich zu beiden Seiten des Esels und nahmen zu dritt ihre unterbrochene Unterhaltung wieder auf. Nach einem Dutzend Schritte jeweils bückte sich Finaun, pflückte am Wegrand eine Handvoll saftiges Gras oder eine Distel oder ein Büschel Vogelmiere und hielt es dem Esel zum Fressen hin.

Patsy betrachtete den Mann genauer.

»Wie heißt Ihr denn, Mister?« fragte er.

»Früher war ich als der Alte Carolan bekannt, aber jetzt nennen mich alle Billy den Musikanten.«

»Wie kommt es, daß ich Euch noch nie getroffen hab?«

»Ich stamm aus Connemara.«

»Ich kenn jeden Kuhpfad und jeden Heckenweg in Connemara und jeden in Donegal und Kerry und kenn auch alle, die auf diesen Wegen laufen, aber Euch kenn ich nicht, Mister.«

Der Mann lachte ihm ins Gesicht.

»Ich bin noch nicht lange unterwegs; wie sollt Ihr mich da kennen? Und wie heißt Ihr?«

»Man nennt mich Padraig Mac Cann.«

»Ich kenn Euch gut. Vor zehn Monaten, als ich noch in einem Haus wohnte, habt Ihr mir nämlich eine Henne und ein Paar Stiefel gestohlen.«

»Was Ihr nicht sagt«, meinte Mac Cann.

»Ja, das sage ich, und ich hab sie Euch gegönnt, denn das war an dem Tag, an dem mir alles passiert ist.«

Mac Cann durchforschte sein Gedächtnis, wem er eine Henne und ein Paar Stiefel gleichzeitig gestohlen haben könne.

»Ach, gelobt sei Gott!« rief er plötzlich aus. »Es ist schon eine ulkige Welt. Seid Ihr der Alte Carolan, der Geizkragen von Temple Cahill?«

Der Mann lachte und nickte.

»Früher war ich es mal, und jetzt bin ich Billy der Musikant, und was der Junge dort unter der Achsel hat, ist mein Instrument.«

Patsy sah ihn an.

»Und wo ist das Haus und das Vieh und die hundert Acker Grasland und Pflugland und Eure Frau geblieben, von der die Leute sagten, Ihr würdet sie noch verhungern lassen?«

»Meiner Treu, ich weiß nicht, wo sie sind, und es ist mir auch gleich.« Und dabei schüttelte er sich vor Lachen.

»Und Eure Schwester, die sich zu Tod gestürzt hat, als sie in einer stürmischen Nacht aus einem hochgelegenen Fenster kletterte, um sich bei den Nachbarn was zu essen zu holen?«

»Die ist immer noch tot«, sagte der Mann und krümmte sich vor Heiterkeit.

»Ich muß schon sagen«, meinte Patsy, »jetzt geht die Welt unter.«

Der Mann unterbrach seine Rede mit ausgestrecktem Zeigefinger.

»Dort drüben ist das Feld, von dem ich gesprochen hab, und es ist gesteckt voller Kartoffeln und Rüben.«

Patsy wandte sich an seine Tochter: »Du sammelst die Kartoffeln, nimm sie nicht alle von derselben Stelle, mehr von hier und da, damit niemand sie vermißt, und dann geh mit dem Karren zwanzig Minuten auf dem Weg weiter und koch sie. Ich und Caeltia holen euch ein Weilchen später ein und bringen gutes Fleisch mit.«

Caeltia und er gingen nach rechts, wo ein sanfter Hügel sich gegen den Himmel abhob. Der Hügel war dicht bewaldet, alle paar Meter wuchtige Baumgruppen, dazwischen sah man stille, grüne Grasflecken in der Sonne dösen.

Als sie zum Rand des Gehölzes kamen, wies Patsy seinen Gefährten an, in einiger Entfernung hin und wieder mit einem Stock gegen die Bäume und auf den Boden zu schlagen.

Das tat Caeltia, und nach einer Viertelstunde baumelten drei Karnickel an Patsys Hand.

»Das reicht«, meinte er, »jetzt gehen wir unseren Leuten nach.«

Sie verstauten die Karnickel unter ihren Jacken und machten sich auf den Weg.

Bald hatten sie die Gefährten eingeholt. Der Karren stand am Straßenrand, ein Stück weiter weidete der Esel, und Mary hatte bereits ein Feuer im Torfeimer und die Kartoffeln fertig für den Topf. Patsy warf ihr die Karnickel zu.

»Hier, mein Mädchen«, sagte er, sank neben Caeltia auf den grasbewachsenen Straßenrand und holte seine Pfeife heraus.

Der fremde Mann saß neben Art und erklärte ihm den Mechanismus einer Concertina.

»Während wir warten«, sagte Patsy zu ihm, »könnt Ihr

uns Eure Neuigkeiten erzählen. Erzählt doch mal, was mit Eurem Besitz passiert ist und was Ihr auf der Landstraße macht. Hier habt Ihr ein Stück Tabak für Eure Pfeife, damit Ihr auch gut erzählt.«

Mary fiel ihm ins Wort: »Wartet noch, ich will die Geschichte auch hören. Helft mir den Torfofen herübertragen, dann können wir beieinander sitzen.«

Am Eimer war ein Henkel, durch den steckten sie einen langen Stock und hoben ihn gemeinsam neben die Hecke.

»Jetzt können wir beieinander sitzen«, sagte Mary, »ich kann das Essen kochen und gleichzeitig die Geschichte hören.«

»Ich würd euch lieber ein Lied auf der Ziehharmonika spielen«, schlug Billy der Musikant vor.

»Das könnt Ihr nachher tun«, erwiderte Patsy.

21. KAPITEL

Ich werd euch die Geschichte erzählen«, sagte Billy der Musikant. »Hier ist sie:

Vor einem Jahr hatte ich noch einen Bauernhof im Tal. Die Sonne schien hinein, aber der Wind blies nicht hinein, weil er gut geschützt lag, und über die Ernten, die ich dort einbrachte, würdet ihr staunen.

Ich hatte zwanzig Stück Vieh auf der Weide, die schnell fett wurden und außerdem gute Milch gaben. Ich hatte Hähne, Hennen für die Eier und den Markt, und manch einer wäre froh gewesen, meinen Hof zu kriegen.

Zehn Leute arbeiteten ständig auf dem Hof, aber in der Erntezeit waren es viel mehr, und die hab ich tüchtig zur Arbeit angehalten. Ich und mein Sohn und der Bruder meiner Frau (ein Tolpatsch, dieser Kerl!) waren hinter den Männern her, aber sie waren schwer zu überwachen, denn es waren ganz Schlaue. Sie versuchten so wenig wie möglich zu tun und dafür so viel Geld aus mir herauszuholen, wie es nur ging. Aber den Kerlen war ich gewachsen, und sie haben recht wenig aus mir herausgepreßt, für das sie nicht haben doppelt schaffen müssen. Nach und nach habe ich ausgesondert, bis ich nur noch die Männer hatte, die ich brauchen konnte: die Bewährten und Zuverlässigen. Es war ein armseliger Haufen, der sich nicht getraute, mir ins Gesicht zu sehen, wenn ich sie ansah; aber arbeiten konnten sie, und nur das wollte ich von ihnen, und ich hab dafür gesorgt, daß sie's taten.

Wenn ich so mit euch hier auf der Böschung sitze, frag ich mich, warum ich mir alle die Mühe gemacht hab und was, im Namen von dem und jenem, ich mir eigentlich erhoffte. Ich bin nie vor Mitternacht ins Bett gekommen und war am Morgen vor den Vögeln schon wieder auf.

Wenn es früh fünf Uhr schlug, räkelte ich mich nie in meinem warmen Bett. Jeden Tag zerrte ich die Männer aus dem Schlaf. Oft mußte ich sie aus dem Bett werfen, denn es war keiner dabei, der nicht rund um die Uhr geschlafen hätte, wenn man ihn ließ. Natürlich wußte ich, daß sie nicht gern für mich arbeiteten und daß sie mich lieber von weitem gesehen und für mein Wohl keine Hand gerührt hätten, wäre nicht der Hunger gewesen. Aber da hatte ich sie am Schlafittchen, denn solang der Mensch essen muß, kann jeder, der ihn füttert, ihn auch dazu bringen, das zu tun, was er von ihm will. Würden Sie nicht auch zwölf Stunden täglich auf dem Kopf gestanden haben, wenn man Ihnen dafür Lohn gezahlt hätte? Aye, auch achtzehn Stunden, wenn's verlangt würde. Oft kam mir die Idee, daß sie mich zu bestehlen versuchten, und vielleicht war's auch so. Jetzt erscheint es unwichtig, ob sie mich bestohlen haben oder nicht, denn ich geb euch mein Wort: der Mann, der mir heute was stehlen will, darf gern alles behalten, was er kriegt, und noch mehr, wenn ich's hätte.«

»Meiner Treu, Ihr seid mir ein freundlicher Mann«, meinte Patsy.

»Lassen wir das«, sagte Billy der Musikant. »Das ganze Geheimnis war, daß ich das Geld liebte: Hartgeld, Goldstücke, Silberstücke, auch Kupferstücke. Ich liebte es mehr als die Menschen um mich herum. Ich liebte es mehr als das Vieh und die Ernten. Ich liebte es mehr als mich selbst. Ist das nicht kurios? Ich hab die größten Albernheiten dafür geduldet, und ich hab mein Leben dafür auf den Kopf gestellt und das Innerste nach außen gekehrt. Ich sage euch, für Geld hätte ich alles getan. Wenn ich die Männer für ihre Arbeit bezahlte, mißgönnte ich ihnen jeden Pfennig, den sie von mir bekamen.

Wenn sie mir meine Münzen nahmen, schienen sie mich unverhohlen zu bestehlen und mich dabei noch auszulachen. Ich sah keinen Grund, warum sie nicht umsonst für mich arbeiten sollten, und hätten sie es getan, hätte ich ihnen das Essen mißgönnt und die Zeit, die sie im Schlaf verloren, und das war auch kurios, wißt ihr.«

»Wenn einer von den Männern«, sagte Patsy feierlich, »nur so viel Mumm in den Knochen gehabt hätte wie eine streunende Ziege oder ein räudiger Hund, hätt er Euch mit dem Spaten bearbeitet und Euch die Seele aus dem Leib gedroschen und sie auf den Dunghaufen geworfen.«

»Glaubt doch ja nicht«, entgegnete der andere, »daß die Menschen mutige, feurige Wesen sind. Das sind sie nämlich nicht. Jeder, der Leute entlohnt, weiß genau, daß sie so zaghaft sind wie Schafe, nein, doppelt so zaghaft. Und laßt euch sagen: nicht nur sie hatten ihren Ärger, sondern auch ich, und zwar großen.«

Mac Cann unterbrach ihn bedeutsam: »Genau das hat

auch der Fuchs zur Gans gesagt, als sie sich beklagte, sein Biß täte ihr weh. ›Aber bedenk doch, wie schwer ich's hatte, dich zu fangen‹, hat der Fuchs gesagt.«

»Darum wollen wir uns jetzt nicht kümmern«, sagte Billy der Musikant. »Es kam mich hart an, das Geld zu verdienen. Ich holte meinen Profit aus dem Land, dem Vieh und den Männern, die für mich arbeiteten, und wenn ich dann den Profit in harte Taler verwandeln wollte, stellte ich fest, daß es außerhalb meiner Welt noch eine andere Welt gab, und die war darauf erpicht, mich auszuplündern. Und nicht genug damit, sie hatte auch generationenlang scharf darüber nachgedacht, wie man das am besten macht.

Diese Welt hatte ihre Machenschaften so schlau eingefädelt, daß ich vor ihr genauso hilflos war wie meine Arbeiter vor mir. Diese Leute haben mich ausgequetscht und sind mit dem größeren Teil meines Gewinns grinsend auf und davon und haben gesagt, ich könnte ruhig ein bißchen höflicher sein oder sie würden mich kurz und klein schlagen. Und dabei war ich wirklich höflich. Ja, es gibt eine große Welt außerhalb der kleinen Welt, und vielleicht gibt es ganz außen noch eine größere voller Wetzsteine für alle Schinder.

Der angemessene Preis für die Ernte war nie der, den ich von den Händlern kriegte. Verkaufte ich eine Kuh oder ein Pferd, bekam ich nicht die Hälfte dessen, womit ich gerechnet hatte. Überall auf den Märkten gab es Cliquen und Kartelle, die wußten, wie man mich übertölpelt. Sie waren es, die mehr als die Hälfte von dem Geld bekamen, das ich verdiente, und sie hatten mich so fest im Griff, daß ich ihnen nicht entkam. Diese Leute waren es, für die ich um zwölf Uhr immer noch nicht im Bett war und schon wieder auf, eh die Hühner ausgeschnarcht hatten. Für sie riß ich die Eingeweide aus meinem Land und schikanierte und plagte jeden Mann, jede Frau und jeden Hund, der mir unterkam. Wenn mir diese Händler einfielen mit ihren roten Hängebacken und ihrem ›Wenn Sie nicht wollen, dann lassen Sie's bleiben‹, bekam ich eine solche Wut, daß ich kaum noch atmen konnte.

Bleibenlassen konnte ich es nämlich nicht, weil ich mir das nicht leisten konnte. Ich ging also wieder heim und versuchte, es beim nächsten Mal geschickter anzufangen und aus meinem Land und meinen Arbeitern noch mehr Profit herauszuschlagen. Heute wundert es mich, daß die Männer nicht versucht haben, mich umzubringen oder Selbstmord zu begehen. Aye, es wundert mich sogar, daß ich mich nicht selber umgebracht habe in meiner Wut und Habsucht und Erschöpfung, aus denen meine Tage und Nächte bestanden.

Jedenfalls, ich bekam das Geld zusammen, und die Leute müssen geglaubt haben, ich sei der Teufel in Person, aber das kümmerte mich wenig, denn in der Kiste fingen die Geldstücke an sich zu häufen. Eines schönen Tages war die Kiste dann so voll, daß man keinen Pfennig mehr hätte seitwärts hineinquetschen können. Da mußte ich mir eine neue Kiste machen. Und es dauerte nicht lange, da machte ich die dritte und die vierte und sah den Tag kommen, an dem ich mit den Marktleuten würde mithalten können bei allem, was anfiel.«

»Wieviel habt Ihr auf die Seite gebracht, so alles in allem?« fragte Patsy.

»Ich hatte ganze zweitausend Pfund.«

»Das – möcht ich meinen – ist ein Haufen Geld.«

»Stimmt, und hat auch viel Arbeit gekostet, es zu kriegen, und jedem gelben Stück hab ich an die zwanzig Flüche in den Kasten mitgegeben.«

»'n Fluch ist keinen Schilling wert«, sagte Patsy.

»Von mir könnt Ihr zwei für 'n Halfpenny haben, und

viele Leute würden sie Euch gratis geben, Ihr hundsschlechter Blutsauger. Und wenn ich das Stück Kautabak wiederhätte, das ich Euch vor 'n paar Minuten gegeben hab, würde ich's in die Tasche stecken, ganz bestimmt, und mich draufsetzen.«

»Vergeßt nicht, daß Ihr von längst vergangenen Sachen sprecht«, mahnte Billy der Musikant.

»Wenn ich einer von Euren Leuten gewesen wär«, rief Patsy, »hättet Ihr mich nicht so behandeln können.«

Billy der Musikant lächelte ihn vergnügt an.

»Soso. Nicht?« sagte er und legte den Kopf schief.

»Nein, hättet Ihr nicht«, entgegnete Patsy, »ich hätt Euch nämlich mit dem Spaten den Schädel eingeschlagen.«

»Wärt Ihr einer meiner Leute gewesen«, erklärte der andere milde, »wärt Ihr so zahm gewesen wie ein Kätzchen. Ihr wärt um mich herumscharwenzelt mit dem Hut in der Hand und nach oben verdrehten Augen wie eine sterbende Ente und hättet ›Ja, Sir‹ und ›Nein, Sir‹ gesagt wie alle anderen, denen ich mit meinen Fäusten die Seele aus dem Leib gedroschen und die Schneid abgekauft hab mit Schwerarbeit und Hunger. Redet nicht, denn in solchen Sachen wißt Ihr nicht Bescheid, auch wenn es Euch gelungen ist, mir eine Bruthenne zu stehlen, als ich gerade viel zu tun hatte.«

»Und ein paar gute Stiefel«, ergänzte Patsy triumphierend.

»Wollt Ihr nun den Rest der Geschichte hören?«

»Aber ja«, erwiderte Patsy, »und ich nehm zurück, was ich wegen dem Tabak gesagt hab. Hier habt ihr noch 'n Stück für Eure Pfeife.«

»Recht herzlichen Dank«, murmelte Billy.

Er klopfte die Asche aus seiner Pfeife, füllte sie neu und fuhr in der Erzählung fort.

»Und dann ist mir zu alledem etwas Wunderbares begegnet.«

»So muß man anfangen«, sagte Patsy beifällig. »Ihr seid 'n guter Geschichtenerzähler, Mister.«

»Das ist es nicht einmal so sehr«, erwiderte Billy, »vielmehr ist es eine gute Geschichte und wunderbar.«

»Sind die Kartoffeln bald gar, Mary *a grah*?«

»Sie sind sehr bald fertig.«

»Wartet noch 'n paar Minuten mit der Geschichte, bis wir die Kartoffeln und 'n paar Brocken von den Kaninchen gegessen haben, ich muß Euch nämlich sagen, ich fall fast um vor Hunger.«

»Hab selber auch nichts gegessen«, sagte Billy, »seit gestern mittag nicht mehr, und das Essen riecht so, daß ich fast verrückt werde.«

»Aber es ist noch nicht ganz gar«, sagte Mary.

»Es ist gar genug«, entschied ihr Vater. »Du nimmst es heute genau! Zieh das Zeug hier rüber und teil es aus, sonst sterben dir die Männer noch unter den Händen.«

Mary gehorchte, und fünf Minuten lang hörte man nichts als mahlende Kiefer, und danach war kein Bissen mehr zu sehen.

»Ah«, sagte Patsy mit einem tiefen Seufzer.

»Ach ja, wirklich«, meinte Billy der Musikant und seufzte ebenfalls.

»Nun stell noch mal Kartoffeln auf, damit sie in der Zeit kochen, in der die Geschichte zu Ende erzählt wird.«

»Ich wollte, ich bekäme noch mal so viel, wie ich schon hatte«, sagte Art.

»Dabei habt Ihr zweimal so viel gekriegt wie ich«, rief Patsy ärgerlich. »Ich hab ja gesehn, wie das Mädchen es Euch gegeben hat.«

»Ich beklage mich nicht«, erwiderte Art. »Ich stelle nur eine Tatsache fest.«

»Dann ist es gut«, sagte Patsy.

Die Pfeifen wurden angezündet, und alle Augen wandten sich Billy dem Musikanten zu. Patsy lehnte sich auf den Ellbogen zurück und stieß eine Rauchwolke aus.

»Nun wollen wir den Rest der Geschichte hören«, sagte er.

22. KAPITEL

Jetzt«, fuhr Billy der Musikant fort, »kommt das Wundervolle, das mir begegnet ist.

Ich wurde immer vernarrter in mein Geld. Je mehr ich bekam, desto mehr wollte ich. Ich fing an, allein beiseitezugehen, um es anzuschauen, anzufassen und zu zählen. Ich bewahrte nicht alles im Haus auf, nur eben genug, um die Leute glauben zu machen, das sei alles. Und da jeder das beobachtete und sie sich gegenseitig belauerten (denn sie wollten es alle stehlen), war es einigermaßen sicher.

Sie wußten nicht, daß das meiste in der Kiste Kupferpfennige waren, aber es waren wirklich nur Kupferpfennige und ein bißchen Silber, das nicht mehr in die anderen Kisten hineinging.

Es gab da eine Stelle am Ende der großen Scheune, genau unterhalb der Hundehütte – Ihr erinnert Euch vielleicht noch an meinen Hund, Patsy?«

»Ein schwarzweißer knurriger Satan von Bullterrier«, sagte Patsy in Gedanken versunken.

»Stimmt genau.«

»Ich erinnere mich noch gut an ihn«, meinte Patsy, »hab ihm mal was zum Fressen gegeben.«

»Vergiftet habt Ihr ihn«, sagte Billy der Musikant rasch.

»Das ist ein zu hartes Wort«, erwiderte Patsy und kratzte sich am Kinn.

Billy der Musikant sah ihn lange starr an und kratzte sich ebenfalls nachdenklich die Stoppeln. »Ist ja jetzt gleich«, sagte er schließlich. »Also, das war der Hund. Ich grub ein Versteck unter seiner Hütte. Es war gut gemacht. Wer die Hundehütte beiseite zerrte, hätte nichts gesehen als den Boden. Dort hütete ich die drei Kisten voll Gold, und während ich sie betrachtete, rannte der Hund herum und wunderte sich, warum er diesmal niemand fressen durfte. Vor dem Hund hatte ich selber ein bißchen Angst. Und eines Tages, als ich mich gerade mit dem Geld beschäftigte, geschah es. Es pochte an die Scheunentür. Der Hund gab einen Laut von sich und schoß hin. Er drückte die Nase an den unteren Türspalt und fing an zu schnüffeln und zu kratzen. Fremde also, sagte ich. Ich tat das Geld leise weg, schob die Hundehütte wieder an ihren Ort und ging das Tor öffnen.

Draußen standen zwei Männer, und der Hund sprang den einen an wie aus der Pistole geschossen. Doch der Mann war schneller. Er griff den Hund noch im Sprung bei den Kinnladen und schleuderte ihn mit einer Armbewegung von sich. Ich weiß nicht, wohin er ihn schleuderte, ich hab den Hund danach nie mehr lebendig gesehen und nahm an, dieser Wurf hätte ihn umgebracht.«

»Meiner Seel!« sagte Patsy.

»Es muß so ungefähr eine halbe Stunde gewesen sein, nachdem Ihr ihm das vergiftete Fleisch gegeben habt.«

»Es war ein überlanger Hammelknochen«, murmelte Mac Cann.

»Was immer es war«, sagte Billy der Musikant. »Die Männer kamen herein, schlossen die Scheunentür hinter sich und drehten den Schlüssel um, denn der steckte immer von innen, wenn ich drin war.

Nun ja, ich hab Hände, Füße und Zähne immer zu benutzen gewußt, aber diesmal hatte ich keine Gelegenheit, darum saß ich nach ein paar Minuten auf der Hundehütte und versuchte, wieder zu Atem zu kommen und das Blut abzuwischen, das mir aus der Nase lief. Die beiden Männer, das muß ich noch sagen, waren ganz still währenddessen – sie warteten auf mich.

Einer von ihnen war mittelgroß, ein Klotz von einem Mann, und sein Kopf sah aus, als ob er in Teer gewälzt worden wäre...«

»Waaa«, sagte Patsy laut.

»Der andere war ein großer junger Mann mit einem Mädchengesicht, hatte blaue Augen und goldene Locken und trug einen Weiberrock, den lumpigsten, alten...«

»Wie?« schrie Patsy und sprang ungestüm auf.

»Was habt Ihr denn?« fragte Billy der Musikant. Patsy schlug die Fäuste gegeneinander.

»Nach den zwei Spitzbuben such ich seit 'nem vollen Jahr«, stieß er hervor.

»Ja, kennt Ihr sie etwa?« fragte Billy der Musikant ebenso aufgeregt.

»Kennen tu ich sie nicht, aber begegnet bin ich ihnen, und das Mädchen auch, diesem Diebsgesindel.«

»Es sind Schweinehunde«, sagte Mary kalt.

»Und wenn ich die wieder treff«, ergänzte Patsy ingrimmig, »bring ich sie um, alle beide, ja, das tu ich.«

Billy der Musikant lachte. »Ich würde nicht versuchen, diese Kerle umzubringen. Ich hab es mal versucht, aber sie haben mich nicht gelassen. Erzähl uns erst einmal, was sie euch getan haben, danach erzähle ich meine Geschichte weiter, denn ich bin wirklich begierig, über die beiden etwas zu hören.«

Mac Cann steckte seine Pfeife in die Tasche.

23. KAPITEL

Patsy begann: »Da gibt's wenig zu erzählen, aber es war so: Ungefähr zwei Wochen eh Euer Hund starb, war ich mit dem Mädchen nach Dublin unterwegs. Damals hatten wir den Esel nicht mit, der war nämlich als Pfand bei 'ner Fischhändlerin im Südwesten von Connemara. Sie hat den Esel und den Karren für uns in Verwahrung genommen, solang wir weg waren, und fürs Leihen wollt sie uns am Ende der Saison was geben. Sie war 'n Schlitzohr, die Alte. Sie hat hinter unserem Rükken erst den Esel an jemand verkauft und dann den Karren an noch jemand anders, und wir hatten allerlei Verdruß, bevor wir die beiden wieder zusammen hatten, aber das tut jetzt nichts zur Sache.

An einem frischen frühen Morgen kommen wir den Weg entlang, der vom Gebirge runter nach Donnybrook reinführt. Ich hatte mir grade ein junges Gänschen gegriffen, das mit der Nase in der Luft dahergewackelt kam, und dachte, ich könnte das Vieh vielleicht jemand in der Stadt verkaufen, der eine Gans braucht.

Wir kommen um eine Biegung (dort in der Gegend laufen alle Wege schief und krumm), da seh ich zu beiden Seiten vom Weg zwei Männer im Gras sitzen. Sie hatten die ganze Wegbreite zwischen sich und waren splitterfasernackt.

Nicht mal 'n Hemd hatten die an, keinen Hut auf, rein gar nichts auf sich als ihre Haut.

Huhuu, sag ich mir und pack das Mädchen fest am Arm, wir nehmen einen anderen Weg, sag ich, und wir segelten davon samt Gans und allem.

Doch die beiden Männer kamen hinter uns her und hatten uns auch bald eingeholt. Wir konnten ja mit dem Mädchen und der Gans nicht so schnell laufen.

Der eine war ein kugelköpfiger Kerl und sah aus, als hätte ihn einer in Teer gewälzt, und ich hoffe, das hatte er auch. Der andre war ein Schönling, der sich zuletzt als Kind die Haare hat schneiden lassen.

›Verschwindet, ihr beiden‹, sag ich, ›ihr Schweinigel! Was wollt ihr denn in eurem nackten Fell bei ehrlichen Leuten?‹

Der Kugelköpfige sprang um mich herum wie ein Gummiball.

›Zieht Euch aus, Mister‹, sagt er.

›Was?‹ frag ich.

›Zieht Eure Sachen aus, rasch‹, sagt er, »oder ich bring Euch um.‹

Da sprang ich mitten auf den Weg, holte mit der Gans aus und haute sie dem Kerl so wuchtig über den Kopf, daß sie platzte. Der Kerl ging auf mich los, und wir drehten uns miteinander im Kreis wie Donner und Blitz, bis auch der andere Bursche sich einmischte, und dann drosch Mary mit ’nem Stock auf uns alle ein, aber das bekümmerte die so wenig wie ’ne Fliege.

Ehe man pfeifen konnte, Mister, hatten sie mich ausgezogen bis auf die Haut, und eh man noch mal pfeifen konnte, auch das Mädchen, und alle beide rannten den Weg hinunter, so schnell sie konnten, unsre Kleider unterm Arm.«

»Meiner Seel und Gott«, staunte Billy der Musikant.

»Wie ich sage«, grinste Patsy. »Da standen wir, sie und ich, mitten auf der Straße und hatten nichts, um unsere Blöße zu bedecken als eine geplatzte Gans.«

»Muß komisch ausgesehen haben«, meinte Billy der Musikant und musterte Mary gedankenvoll.

»Ihr braucht mich gar nicht anzustarren, Mister«, sagte Mary heftig.

»Und was habt ihr dann gemacht?« fragte Billy.

»Wir haben uns an den Wegrand gesetzt und dort so lange gewartet, bis wir Schritte hörten. Dann haben wir uns versteckt. Ich schielte über die Hecke und sah einen Mann des Wegs kommen, einen ordentlich aussehenden Mann mit 'ner schwarzen Tasche in der Hand, der schnell ging. Als er gerade auf meiner Höhe war, sprang ich über die Hecke und zog ihm seine Sachen aus...«

Billy der Musikant schlug sich mit der flachen Hand auf das Knie: »Tatsächlich?«

»Aber ja doch«, sagte Patsy. »Er schimpfte immerzu, aber als ich ihn losließ, rannte er auf und davon, und das war das letzte, was ich von ihm sah. Nach einem Weilchen kam eine Frau den Weg entlang, der nahm Mary die Kleider ab. Es war 'ne stille, arme Seele, und sie sprach mit keinem von uns auch nur ein Wort. Wir ließen ihr die Gans und die schwarze Tasche des Mannes als Bezahlung, und dann zogen wir beide los und hörten erst in der Grafschaft Kerry wieder auf zu rennen.

Und das hier sind die Sachen, von denen ich Euch erzählt hab«, schloß Patsy, »ich hab sie eben an.«

»Eine großartige Geschichte«, fand Billy der Musikant.

»Ich kann Euch noch mehr über diese Leute erzählen«, sagte Caeltia lächelnd.

»Im Ernst?« rief Patsy aus.

»Ja, das kann ich, aber der Mann hier ist noch nicht fertig mit der Geschichte, die er erzählen wollte.«

»Den hatte ich vergessen«, sagte Mac Cann. »Tut noch eine Prise in Eure Pfeife, Mister, und erzählt, was dann passiert ist.«

24. KAPITEL

Billy der Musikant stopfte eine weitere Prise in seine Pfeife, und als er einige Minuten nachdenklich daran gezogen hatte, drückte er sie mit dem Daumen aus und steckte sie in die Tasche. Natürlich verkehrt herum, so daß der Tabak aus der Pfeife fallen konnte, denn er war kein sparsamer Mann mehr. »Das waren bestimmt die beiden, von denen ich euch erzählt habe«, sagte er. »Und sie standen vor mir, während ich Blut aus der Nase nieste. ›Was wollt ihr?‹ fragte ich sie und äugte dabei immerzu nach rechts und links, ob nicht vielleicht so was wie ein Stock oder eine Brechstange herumlag.

Der Knabe im Rock antwortete mir: ›Ich wollte dich bloß mal sehen.‹

›Guck soviel du willst und dann verschwinde um Gottes willen‹, rief ich.

›Du dreckiger Dieb‹, sagte er zu mir.

›Wie das?‹ fragte ich.

›Was denkst du dir eigentlich dabei, mich aus dem Himmel rauswerfen zu lassen?‹ fragte er.

Das, mein lieber Herr, war eine Frage, die jeden Menschen verwirrt hätte, und mich verwirrte sie auch. Ich wußte ihm nichts zu sagen. ›Bei Gott‹, sagte ich nur und nieste weiter Blut.

Dennoch war der Junge stinkwütend.

›Wenn ich euch das Lebenslicht ausblasen könnte, ohne mir selbst Schaden zuzufügen, brächte ich euch noch in dieser Minute um‹, sagte er.

›Um Himmels willen‹, entgegnete ich, ›nun sagt doch, was ich euch getan hab, denn ich hab euch bis zum heutigen Tag nie gesehen, und mir wäre es lieber, ich sähe euch auch jetzt nicht.‹

Der Kugelköpfige stand die ganze Zeit daneben und

kaute Tabak. ›Nun mach schon Schluß mit ihm, Cuchulain‹, sagte er, ›bring ihn um, und schick ihn zu den Gespenstern hinaus.‹

Doch der andere wurde etwas ruhiger, trat zu mir und wedelte mit seinen Mädchenröcken.

›Hör zu‹, sagte er, ›ich bin der Seraph Cuchulain.‹

›Ausgezeichnet‹, erwiderte ich.

›Ich bin dein Schutzengel‹, sagte er.

›Ausgezeichnet‹, meinte ich.

›Ich bin dein besseres Selbst‹, sagte er. ›Und jede Niedertracht, die du hier unten begehst, versetzt mich droben in Schwingungen. Du hast im Leben immer nur Niederträchtiges begangen. Du bist ein Geizhals und ein Dieb, und weil du das Geld so liebst, bin ich droben im Himmel rausgeflogen. Du hast mich verführt, als ich gerade nicht aufpaßte. Du hast einen Dieb aus mir gemacht an einem Ort, wo es keine Kleinigkeit ist, Räuber zu sein, und nun muß ich auf dieser Dreckswelt herumzigeunern wegen deiner Schandtaten. Bereue, du Vieh‹, sagte er und gab mir eine Ohrfeige, daß ich von einem Scheunenende zum anderen flog.

›Hau ihm noch eine runter‹, sagte der Kugelköpfige und kaute heftig an seinem Priem.

›Was hast du denn damit zu tun?‹ fragte ich ihn. ›Du bist nicht mein Schutzengel, Gott sei's gedankt.‹

›Du wagst es‹, fauchte der Kugelköpfige, ›du wagst es, diese ehrliche Haut so weit zu bringen, einem armen Mann sein letztes Dreipennystück zu stehlen?‹ Und damit langte er mir eine.

›Von welchem Dreipennystück redest du?‹ fragte ich.

›Von meinem‹, sagte er, ›dem einzigen, was ich hatte. Von dem, das ich vor den Toren der Hölle hab fallen lassen.‹

Da war ich nun doch platt. ›Es ist mir gleich, was du

sagst‹, erklärte ich ihm. ›Du kannst reden, bis du schwarz wirst, mir soll's egal sein.‹ Und dann setzte ich mich auf die Hundehütte und ließ mein Blut fließen.

›Du mußt freiwillig bereuen‹, sagte Cuchulain und ging zur Tür.

›Und du tätest gut daran, dich dabei zu beeilen‹, meinte der andere, ›sonst hau ich dir den Kopf ab.‹

Das Komische war, daß ich dem Mann jedes Wort glaubte. Ich wußte nicht, wovon er sprach, aber eins wußte ich: daß er von etwas sprach, das es wirklich gab, auch wenn ich's nicht begriff. Und dann die Art, wie er es sagte: Er sprach wie ein Bischof, mit schönen klingenden Worten, an die ich mich jetzt nicht mehr erinnern kann, weil es schon Monate her ist. Jedenfalls tat ich ihm den Willen und fühlte mich von dieser Minute an wie ein ganz anderes Wesen. Denn ihr müßt immer bedenken, ein Mensch kann so wenig gegen seinen Schutzengel angehen, wie er einen Baum rückwärts hinaufklettern kann.

Als sie aus der Scheune traten, drehte sich Cuchulain nochmals zu mir um: ›Ich helfe dir bereuen‹, sagte er, ›denn ich will wieder heim, und ich helfe dir folgendermaßen: ich werde dir Geld geben, und zwar massenhaft.‹

Damit gingen die beiden, und ich traute mich noch eine halbe Stunde lang nicht aus der Scheune.

Am nächsten Tag ging ich in die Scheune, und was glaubt ihr, sah ich dort?«

»Der Fußboden war bedeckt mit Goldstücken«, sagte Patsy.

Billy nickte.

»Ja, genau das sah ich. Ich las sie zusammen und versteckte sie unter der Hundehütte. Alle paßten nicht hinein, deshalb schlug ich die übrigen in ein Stück Sackleinen und deckte Kohlköpfe darüber. Als ich am nächsten Tag in die Scheune kam, war der Boden wieder mit Goldstücken bedeckt. Ich kehrte sie zusammen und versteckte auch sie unter den Kohlköpfen. Am nächsten, übernächsten Tag und am Tag danach war es dieselbe Geschichte. Ich wußte nicht mehr, wohin mit dem Geld. Ich mußte es auf dem Boden liegen lassen und hatte nicht mal mehr einen Hund, der es gegen Räuber bewachte.«

»Das stimmt«, sagte Patsy, »den hattet Ihr nicht.«

»Ich schloß die Scheune ab, dann rief ich alle Männer zusammen. Ich zahlte ihnen ihren Lohn aus, denn was sollte ich noch mit ihnen, wo ich doch im Gold schwamm? Ich sagte, sie sollten mir aus den Augen gehen und begleitete jeden bis ans Ende meines Grundstücks. Dann sagte ich dem Bruder meiner Frau, ich wollte ihn nicht länger im Haus haben, und begleitete auch ihn bis an die Grenze meines Grundstücks. Meinen Sohn überredete ich, das Haus zu verlassen, und meine Frau ließ ich wissen, sie könne mit ihm gehen, wenn sie wollte.

Dann ging ich zurück in die Scheune. Aber ich war ein anderer Mensch geworden. Das Gold häufte sich bei mir, und ich wußte nichts damit anzufangen. Ich hätte mich darin wälzen können, wenn ich wollte, und ich tat es sogar, aber es machte keinen Spaß. Das war das Schlimme: ich konnte es nicht zählen, es war mir über den Kopf gewachsen; es türmte sich, es stapelte sich, es lag überall auf dem Boden, und ich hätte es so wenig von der Stelle bewegen können wie ein Haus.

So viel Geld hatte ich nie gewollt, denn das kann kein Mensch wollen. Ich hatte nur so viel gewollt, daß ich es noch mit Händen greifen konnte. Und die Angst vor Räubern war bei mir so angewachsen, daß ich weder stehen noch sitzen noch schlafen konnte.

Jedesmal, wenn ich das Tor öffnete, war die Scheune noch voller als beim letzten Mal, und schließlich fing ich an, die Scheune zu hassen, ich konnte ihren Anblick nicht mehr aushalten, die Art, wie das Licht mich aus tausend und abertausend goldenen Ecken anfunkelte.

Schließlich wurde es mir zu bunt: eines Tages marschierte ich ins Haus, holte mir die Ziehharmonika, die mein Sohn sich gekauft hatte und die ich selber gut spiele, und sagte zur Frau: ›Ich gehe.‹

›Wohin gehst du denn?‹

›Hinaus in die Welt.‹

›Und was soll aus dem Hof werden?‹

›Den kannst du behalten‹, sagte ich und ging einfach aus der Tür auf die Straße hinaus. Zwei Tage lang bin ich nur marschiert, ohne anzuhalten, und bis zum heutigen Tag nicht mehr dorthin zurückgegangen.

Ich spiele auf der Ziehharmonika vor den Häusern, dann geben mir die Leute eine Kleinigkeit. Jeden Tag wandere ich von Ort zu Ort und bin so vergnügt wie ein Vogel auf dem Baum, denn ich habe keine Sorgen, und niemand sorgt sich um mich.«

»Und was ist aus dem Geld geworden?« wollte Patsy wissen.

»Heute glaub ich, es war vielleicht Feengold. Und wenn es das war, könnte es keiner anfassen.«

»Aha«, sagte Mac Cann, »solche Burschen waren das also.«

»Ja, genau solche.«

»Und einer davon war Euer Schutzengel?«

»Hat er gesagt.«

»Und was war der andere?«

»Weiß ich nicht, aber der war bestimmt ein Gespenst, glaube ich.«

Patsy wandte sich an Finaun: »Sagt mal, Mister, ist das nun eine wahre Geschichte, oder hat der Kerl sie erfunden?«

»Sie ist wahr«, erwiderte Finaun.

Patsy überlegte einen Augenblick.

»Möcht wohl wissen«, meinte er sinnend, »wer mein Schutzengel ist.«

Caeltia steckte hastig die Pfeife in die Tasche.

»Der bin ich«, sagte er.

»Oh, verflixt.«

Mac Cann legte beide Hände auf die Knie und lachte herzlich: »Ihr! Und Euch mach ich jede zweite Nacht in ’ner kleinen Kneipe betrunken!«

»Aber nur, weil Ihr ’ne ausgepichte Kehle habt. Aber drinstecken tun wir alle beide, Mister.«

Er schwieg wieder und begann dann von neuem: »Wer wohl der Schutzengel von Eileen Ni Cooley ist? Der hat alle Hände voll zu tun, denk ich mir.«

»Ihr Schutzengel bin ich«, sagte Finaun.

»Soll ich das glauben?«

Mac Cann sah Finaun lange an und versank dann wieder in Tagträumen.

»Also«, sagte er zu Billy dem Musikanten, »das war eine schöne Geschichte, Mister, die Ihr uns da erzählt habt, und es waren sonderbare Dinge, in die Ihr verwikkelt wart, aber ich würd doch gern die Männer wiedersehen, die unsre Kleider gestohlen haben. Ja, wirklich.«

»Ich kann euch mehr über sie erzählen«, schaltete Caeltia sich ein.

»Das habt Ihr vorhin schon mal gesagt. Was ist es denn, was Ihr uns erzählen könnt?«

»Ich kann euch berichten, wie die ganze Sache angefangen hat.«

»Das würde ich gern hören«, sagte Billy der Musikant.

»Ein Stück gehört dazu, das werde ich mir aus allem, was ich gehört habe, seit wir hergekommen sind, zusammenreimen müssen, aber für das übrige kann ich mich verbürgen, denn ich war selbst dabei.«

»Auch ich erinnere mich«, sagte Art zu Caeltia, »und wenn du deine Geschichte erzählt haben wirst, erzähle ich meine.«

»Verteil die Kartoffeln, Mary«, sagte Mac Cann, »und dann könnt ihr weitererzählen. Glaubst du, daß dem Esel nichts fehlt *alannah*?«

»Der frißt noch immer Gras, aber ich glaube, er würde vielleicht gern mal trinken.«

»Der hat gestern reichlich getrunken«, sagte ihr Vater und setzte sich bequemer zurecht.

25. KAPITEL

Caeltia erzählte: »Als Brien O'Brien starb, sagten die Leute, das mache nicht viel aus, denn er wäre ja in jedem Fall jung gestorben. Er wäre an den Galgen gekommen, oder es hätte ihm einer mit der Hacke den Schädel gespalten oder er wäre betrunken von den Klippen gestürzt und zu Brei zerquetscht worden. Irgend so etwas stand ihm ins Haus, und jeder sieht gern, wenn ein Mensch das bekommt, was er verdient.

Weil aber moralische Grundsätze nicht mehr zählen, wenn einer tot ist, blieb keiner von den Nachbarn der Totenwache fern. Sie kamen alle und sagten viel Versöhnliches über der Leiche mit dem hochgebundenen Unterkiefer und dem hinterhältigen Grinsen. Sie erinnerten einander an dies und jenes Seltsame, das er getan hatte. Sein Andenken war wie überkrustet mit Geschichten über tolle Dinge zum Lachen, und andere, die auch toll waren, aber nicht zum Lachen.

Nun war er also tot, und nun konnte man ihn nach Belieben bedauern. Außerdem gehörte er zum Stamme der O'Brien, einem Stamm, dem Respekt gebührte. Einem

Stamm, den man nicht so leicht vergaß. Das geschichtliche Gedächtnis vermochte vergangenen Glanz, Rang und Kampf zu rekonstruieren, wußte von fürchterlicher Schurkerei und fürchterlicher Frömmigkeit, vom jammervollen, tapferen, langsamen Abstieg in die Erniedrigung, die ihn doch nie ganz besiegt hatte. Ein großartiger Stamm! Die O'Neills erinnerten sich. Die O'Tools und die Mac Sweeneys wußten Hunderte von Histörchen über Liebe und Haß. Die Burkes und die Geraldines und die neu zugezogenen Fremden hatten ebenfalls ihre Erinnerungen. Er hatte seine Familie in kümmerlichsten Verhältnissen zurückgelassen, aber daran war sie gewöhnt, denn er hatte sie so arm gehalten, wie er sie zurückgelassen und übrigens auch vorgefunden hatte. Sie hatten der Mildtätigkeit so oft die Hand schütteln müssen, daß ihnen diese bleiche Dame recht sympathisch geworden war und sie daher gewisse kleine Geschenke der Nachbarn annahmen, nicht übertrieben dankbar, aber doch bereitwillig. Diese Geschenke waren fast immer Naturalien: ein paar Eier, eine Tüte Kartoffeln, eine Handvoll Mehl, ein paar Prisen Tee oder ähnliches.

Eine von der allgemeinen Betrübnis besonders gerührte Besucherin aber ließ ein silbernes Drei-Penny-Stück in die Hand von O'Briens kleiner Tochter, der vierjährigen Sheila, gleiten und konnte es später nicht gut wieder zurückverlangen.

Klein-Sheila war von ihrem Vater gut abgerichtet. Sie wußte, was man mit Geld tat, ging daher, als keiner es sah, auf Zehenspitzen zum Sarg und steckte das Drei-Penny-Stück heimlich in O'Briens Hand. Diese Hand, die zu Lebzeiten Geld nie verweigert hatte, wies es auch im Tode nicht zurück.

Am nächsten Tag begrub man ihn.

Am übernächsten Tag wurde er vor das Gericht gerufen und erschien gemeinsam mit einem Haufen der verschiedenartigsten armen Teufel. Auch dort bekam er, was ihm gebührte. Er wurde, obgleich er protestierte und sich sträubte, an den ihm zugedachten Ort verbannt.

›Hinunter!‹ sagte Rhadamanthus und wies mit der riesigen Hand nach unten. Und nach unten kam er auch.

Beim Zappeln und Sich-Sträuben entfiel ihm das Drei-Penny-Stück, aber er war so erregt und erhitzt, daß er den Verlust gar nicht bemerkte. Er stürzte abwärts, weit, weit hinunter, aus der Sicht, aus der Erinnerung, in einen heulenden schwarzen Schlund, zusammen mit anderen unsichtbar Gewordenen.

Ein junger Seraph namens Cuchulain, der zufällig kurz darauf des Weges kam, sah das Drei-Penny-Stück auf den Felsen blitzen und hob es auf.

Er betrachtete es verwundert, drehte es hin und her, links herum, rechts herum, prüfte es mit ausgestrecktem Arm und beäugte es von Nahem auf das Genaueste.

›Noch nie im Leben habe ich etwas so schön Gearbeitetes gesehen‹, sagte er, und nachdem er es in seinem Beutel zwischen anderem Krimskrams verstaut hatte, wanderte er wieder heimwärts durch die riesigen Tore.

Es dauerte nicht lange, da entdeckte Brien seinen Verlust, und plötzlich hörte man aus der finsteren Tiefe seine Stimme laut jammern.

›Ich bin bestohlen!‹ schrie er. ›Ich bin im Himmel bestohlen worden.‹

Als er erst einmal angefangen hatte zu schreien, hörte er nicht wieder auf. Manchmal schrie und lärmte er nur aus Wut, manchmal wurde er sarkastisch und ließ eine Frage nach oben dringen: ›Wer hat das Drei-Penny-Stück gestohlen?‹ brüllte er. Er wandte sich an den finsteren Abgrund rings umher: ›Wer hat einem armen Mann sein letztes Drei-Penny-Stück gestohlen?‹

Wieder und wieder drang seine Stimme nach oben. Die Qualen seines Aufenthaltsortes verloren jeglichen Stachel für ihn. Seine Seele hatte Nahrung, und die Hitze innen gewann die Oberhand über die heißen Schwaden außen. Er hatte eine Beschwerde, eine berechtigte Klage, das stärkte ihn, das gab ihm Auftrieb, und nichts konnte ihn zum Schweigen bringen. Man versuchte es mit sinnreichen Kunstgriffen, mit allerlei Kompliziertem, doch er beachtete es gar nicht, und seine Peiniger waren mit der Zeit am Verzweifeln.

›Ich hasse die Sünder aus dem Gebiet von Kerry‹, sagte der Oberpeiniger und setzte sich verstimmt auf seine Kreissäge. Auch das war unangenehm für ihn, denn er trug nur ein Lendentuch.

›Ich hasse den ganzen Clan der Irischen Kelten‹, sagte er. ›Warum können die sie nicht anderswo hinschicken?‹ Dann ging er wieder dazu über, Brien zu bearbeiten.

Es war zwecklos, Briens Frage plärrte noch immer empor wie der Ton der Letzten Drommete. Sie weckte und durchtönte die Felsenhöhlen, kreischte durch Spalten und Kamine, von Klippe zu Klippe geschleudert, zerschmettert und zurückgeworfen. Noch schlimmer: seine Schicksalsgenossen wurden aufmerksam und nahmen den Schrei auf, bis schließlich der Lärm so entsetzlich wurde, daß der Meister selbst es nicht mehr ertrug.

›Ich habe seit drei Nächten kein Auge zugetan‹, sagte er gequält und sandte eine eigene Sondergesandtschaft zu den Mächten der Finsternis.

Rhadamanthus war verblüfft, als sie eintrafen. Sein Ellbogen ruhte auf seinem riesigen Knie, und sein schwerer Kopf stützte sich auf eine Hand, die einige Morgen lang und breit war.

›Was soll das alles?‹ fragte er.

›Der Meister kann nicht einschlafen‹, sagte der Wortführer der Gesandtschaft und grinste, denn selbst für ihn klang es sonderbar.

›Es ist nicht nötig, daß er schläft‹, sagte Rhadamanthus. ›Ich habe seit Beginn aller Zeiten noch nie geschlafen und werde auch nicht schlafen, bis die Zeit vorüber ist. Komische Beschwerde übrigens. Was stört Euren Meister denn?‹

›In der Hölle ist das Unterste zuoberst und das Innerste zuäußerst‹, sagte der Teufel. ›Die Peiniger weinen wie die kleinen Kinder. Die oberen Ränge hocken auf ihren Hinterbacken und tun nichts. Die mittleren Ordnungen rennen hierhin und dorthin und bekämpfen sich gegenseitig, und die Gemeinen lehnen an den Wänden und zucken die Achseln. Die Verdammten aber brüllen und lachen und sind unempfindlich gegen die Pein geworden.‹

›Das geht mich nichts an‹, sagte der Richter.

›Die Sünder verlangen Gerechtigkeit‹, sagte der Wortführer.

›Die haben sie ja‹, sagte Rhadamanthus. ›Sollen sie darin schmoren.‹

›Sie weigern sich zu schmoren‹, erwiderte der Wortführer und rang die Hände.

Rhadamanthus richtete sich auf.

›Es ist anerkannter Rechtsgrundsatz‹, sagte er, ›daß bei einem noch so schwierig gelagerten Vorfall nie mehr als ein Individuum der eigentliche Grund sein kann. Wer ist dieses Individuum?‹

›Ein gewisser Brien vom Stamm der O'Brien aus dem Königreich Kerry. Ein ganz schlimmer. Hat vor einer Woche die Höchststrafe bekommen.‹

Da zeigte sich Rhadamanthus zum ersten Mal in seinem Leben beunruhigt. Er kratzte sich den Kopf. Auch das tat er zum ersten Mal.

›Ihr sagt, er hat die Höchststrafe bekommen‹,

brummte Rhadamanthus, ›dann sind wir in der Klemme. Ich habe ihn in alle Ewigkeit verdammt, das ist nicht mehr besser oder schlimmer zu machen. Und überhaupt geht es mich nichts an‹, sagte er ärgerlich und ließ die Gesandtschaft gewaltsam entfernen.

Dadurch wurde aber nichts besser. Die Ansteckung breitete sich immer weiter aus, bis zehn Millionen Billiarden Stimmen unisono sangen und unübersehbare Massen zwischen ihren Qualen lauschten. ›Wer hat das Drei-Penny-Stück gestohlen? Wer hat das Drei-Penny-Stück gestohlen?‹

So schrien sie immer noch. Himmel und Hölle durchklang es. Der Weltraum war erfüllt von diesem rhythmischen Getöse. Das Chaos und das Große Nichts bekamen zu ihrer elementaren Zwietracht noch einen weiteren Mißklang. In der Tiefe wurde ein weiteres Memorandum aufgesetzt. Es wies darauf hin, daß im Falle der Nichterstattung der fehlenden Münze an ihren Besitzer die Hölle ihre Pforten schließen müsse. Das Memorandum enthielt eine verschleierte Drohung, denn in Paragraph 6 wurde angedeutet, daß, wenn die Hölle über Bord ging, in der Folge auch dem Himmel Schwierigkeiten erwachsen könnten.

Das Dokument wurde abgesandt. Es wurde darüber beraten. Daraufhin durchlief ein Rundschreiben sämtliche Abteilungen des Paradieses. Darin wurde jede Person, Erzengel, Seraph, Cherub oder Meßdiener, der seit den Mittagsstunden des 10. August des Jahres ein Drei-Penny-Stück gefunden hatte, aufgefordert, sich, ob nun Person, Erzengel, Seraph, Cherub oder Meßdiener, bei Rhadamanthus und seinem Gericht zu melden und es abzugeben. Im Gegenzug erhalte er dafür einen Freispruch und eine Quittung. Die Münze wurde nicht abgeliefert.

Der junge Seraph Cuchulain wanderte umher wie einer, der sich selber nicht mehr kennt. Er war nicht beunruhigt, er war wütend. Er runzelte die Stirn, überlegte und kochte innerlich. Er zog eine seiner goldenen Locken durch die Finger, bis sie schlapp herunterhing und nur noch das äußerste Ende aus einem goldenen Gekräusel bestand. Dieses Ende steckte er in den Mund und kaute beim Gehen verdrossen darauf herum. Tag für Tag wandten sich seine Füße in die gleiche Richtung: hinunter zur langen Eingangshalle, durch die mächtigen Tore, vorüber an der Reihe gravierter Platten, zu jener Wüstenei aus aufgetürmten Felsbrocken, auf der Rhadamanthus thronte. Er ging vorsichtig, streckte manchmal die Hand aus, um sich abzustützen, stand eine Weile und überlegte, ehe er auf einen ferner gelegenen Felsbrocken sprang, wo er einen Augenblick balancierte, bevor er wieder einen Sprung tat. Auf diese Weise gelangte er schließlich vor den Richter, den er düster anstarrte. Er grüßte ihn ehrerbietig, wie es sich geziemte, und sagte: ›Gott segne die Arbeit.‹ Doch Rhadamanthus antwortete nie anders als durch ein Nicken, denn er hatte viel zu tun. Aber er beobachtete Cuchulain, hob gelegentlich die schweren Lider und blickte zu ihm hin, und dann, während einer Pause in seiner nimmerendenden Arbeit, kreuzten sich sekundenlang ihre Blicke.

Manchmal blickte der junge Seraph ein, zwei Minuten lang zwischen dem Richtenden und den Gerichteten hin und her, die rückwärtskrochen oder vorwärtsdrängten, Gute wie Schlechte in der gleichen schlotternden Angst, in der gleichen Unkenntnis, welches Schicksal ihrer harrte. Sie schauten sich untereinander nicht an, nur den Richter auf seinem Thron aus Ebenholz, und konnten den Blick nicht von ihm wenden. Da waren jene, die Bescheid wußten und ihre Verdammnis klar vor Augen sahen. Sie saßen da, schwach und demütig, und zitterten. Andere waren noch unsicher, kaninchenäugig, nicht weniger bebend als die übrigen, auf die Knöchel beißend, während sie nach oben schielten. Es gab auch Hoffnungsvolle, die trotzdem ängstlich in ihrem Erinnerungsgestrüpp forschten, ihren Sünden nachstellten und sie erwogen. Diese letzten gingen – auch wenn ihnen die Seligkeit schon verbrieft war und ihre Schritte den leichten Weg einschlagen durften – taumelnd fort und wagten nicht, sich noch einmal umzudrehen, aus Angst, ein ›Halt, Verworfener! Den anderen Weg!‹ zu hören.

So ging denn Cuchulain Tag für Tag dorthin und stellte sich neben den Richter, und eines Tages sah ihn Rhadamanthus durchdringender an, hob seine riesige Hand und deutete: ›Geh unter die zu Richtenden‹, sagte er.

Denn Rhadamanthus wußte alles. Es war sein Amt, tief in Herz und Seele zu blicken und die Geheimnisse aus den Tümpeln des Daseins zu fischen.

Der junge Seraph Cuchulain, der immer noch seine goldene Locke zwischen den Lippen zwirbelte, trat gehorsam vor und setzte sich mit wippendem Gefieder zwischen zwei von denen, die da wimmerten, starrten und bebten. Als die Reihe an ihm war, beäugte ihn Rhadamanthus lange Zeit aufmerksam und sagte dann: ›Nun?‹

Der junge Seraph pustete die goldene Locke von den Lippen: ›Was man findet, darf man behalten‹, sagte er laut, schloß dann den Mund und starrte den Richter sehr ungezogen an.

›Man muß es herausgeben‹, sagte der Richter.

›Sollen sie doch kommen und es mir wegnehmen‹, murrte der Seraph Cuchulain. Und in diesem Augenblick (denn solche Dinge geschehen nach dem Willen der Geister) umzuckten Blitze sein Haupt, und er wurde vom Donner geschüttelt.

Zum zweiten Mal in seinem Leben war Rhadamanthus verwirrt, und wieder kratzte er sich am Kopf.

›Eine üble Lage‹, sagte er verdrießlich. Doch einen Augenblick später rief er den Diensttuenden zu: ›Führt ihn auf diese Seite hinüber.‹

Sie rückten vor, doch der Seraph Cuchulain fuhr zu ihnen herum, und sein goldenes Haar flammte und schrillte, und zu seinen Füßen rollten Donnerschläge, und um ihn her war ein helles Netzwerk, das zischte und stach – da wichen die Vorrückenden langsam zurück und liefen schreiend davon. ›Eine üble Lage‹, sagte Rhadamanthus und blickte den Seraph Cuchulain kurz und drohend an.

Aber nur kurz. Plötzlich stützte er beide Hände auf die Seitenlehne seines Thrones und stemmte sein gewaltiges Gewicht hoch. Noch nie hatte Rhadamanthus sich von seinem angestammten Sitz erhoben. Er machte ein paar Riesenschritte und hatte den Rebellen augenblicklich niedergerungen. Das Grollen und die Blitze waren nur mehr Mondstrahlen und Tau auf den steinernen Trümmern. Er ergriff den Seraph Cuchulain, hob ihn vor seine Brust, wie man einen Sperling in die Höhe hebt, und trat schweren Schrittes zurück.

›Holt mir den anderen‹, sagte er streng und setzte sich. Die Diensttuenden eilten geschwind in die Tiefe und suchten Brien von der Sippe der O'Brien, und während sie fort waren, zerdrückte der Seraph Cuchulain vergeblich flammende Stacheln am Busen des Verhängnisses. Jetzt hingen ihm die goldenen Locken wirklich schlaff herab, seine Flugfedern waren geknickt und zerzaust, aber sein leuchtendes Auge war noch immer mutig funkelnd auf die Brustwarze von Rhadamanthus gerichtet.

Bald brachte man Brien. Er bot einen jammervollen Anblick – heulte, war so nackt wie ein Baum im Winter, so schwarz wie eine geteerte Wand, zermetzgert, zerschnitten und zerfetzt mit Ausnahme der Kehle, aus der noch immer brüllend seine einzige Frage drang, bis jedermanns Ohren sich empörten. Doch die plötzliche Helligkeit ließ ihn verwundert verstummen, und beim Anblick des Richters, des Seraph Cuchulain gleich einer welken Blume vor der Brust, riß er den Mund auf. ›Bringt ihn her‹, sagte Rhadamanthus.

Sie brachten ihn an die Stufe des Thrones.

›Du hast eine Münze verloren‹, sagte Rhadamanthus. ›Der hier hat sie.‹

Brien sah den Seraph Cuchulain zwingend an.

Wieder erhob sich Rhadamanthus, beschrieb mit dem Arm einen riesigen Bogen, ließ dann mit einem Ruck los, und der Seraph Cuchulain sauste durch das Weltall wie ein geschleuderter Stein.

›Und du folgst ihm, Mann aus Kerry‹, sagte Rhadamanthus, bückte sich, packte Brien an einem Bein, wirbelte ihn weit herum und hinaus, schwindelnd weit, und dann ging es hinab, hinab wie ein fallender Komet.

Rhadamanthus nahm wieder Platz. Er machte eine Handbewegung.

›Der nächste‹, sagte er kalt.

Hinab wirbelte der Seraph Cuchulain, in weiten Schwüngen, die man in ihrer Schnelligkeit kaum sah. Manchmal bildete er mit den ausgestreckten Händen ein Kreuz, das lotrecht stürzte. Dann wieder tauchte er kopfunter steil hinab. Oder bildete, Kopf und Fersen beieinander, einen lebenden Reifen und wirbelte wie trunken. Blind, taub, stumm, atemlos, hirnlos. Und hinter ihm her zischte und sauste Brien von der Sippe O'Brien.

Was für eine Reise! Wer könnte sie mit Worten schildern? Die Sonnen, die auftauchten und verschwanden wie zwinkernde Augen. Die Kometen, die einen Augenblick lang leuchteten, sich schwärzten und erloschen.

Monde, die kamen, dastanden und fort waren. Und rings um all dies, alles einschließend, das grenzenlose All, das grenzenlose Schweigen, die schwarze, unbewegliche Leere, die tiefe, nimmer endende Stille, durch die sie stürzten, mit Saturn und Orion, der milde lächelnden Venus, dem hellen, splitternackten Mond und der sittsamen, von Perlmutt und Blau umhüllten Erde. Von ferne ging sie auf, die lautlose, ganz allein im leeren Raum. So plötzlich wie ein hübsches Gesicht auf belebter Straße. So schön wie das Geräusch fallenden Wassers. So schön wie der Klang von Musik in der Stille. Wie ein weißes Segel auf windbewegtem Meer. Wie ein grüner Baum an einsamer Stelle. Keusch und wunderbar ging sie auf. Flog in der Ferne. Flog in der Höhe gleich einem fröhlichen Vogel, wenn der Morgen die Finsternis zerteilt und er süße Botschaft trillert. Stieg empor und sang. Sang leise zur Begleitung behutsamer Bläser und Flöten aus zartem Stroh und murmelnder, ferner Streicher. Ein Lied, das wuchs und anschwoll, sich zu vielstimmiger Harmonie mit donnernden Bässen vereinigte, bis das überforderte Ohr versagte vor dem schrecklichen Getöse ihrer Ekstase. Nicht länger ein Stern! Nicht länger ein Vogel! Eine gefiederte, gehörnte Furie. Gigantisch. Gigantisch, ungestüm lodernd und schreiend, wirbelnde Blitze speiend, unersättlich, kam sie den Pfad herangestürmt, gierig, drohend, mit Wutgeheul, mit Angstgeheul kam sie gesprungen, fürchterlich kam sie gesprungen und geflogen...

Genug! Sie prallten auf der Erde auf – und wurden nicht zerschmettert, diese Eigenschaft hatten sie. Sie trafen etwas außerhalb des Dorfes Donnybrook auf, dort wo der Fußpfad in die Hügel hinaufführt. Und waren kaum zweimal aufgesprungen, da hatte Brien von der Sippe der O'Brien den Seraph Cuchulain schon an der Kehle. ›Mein

Drei-Penny-Stück!‹ brüllte er mit erhobener Faust. Doch der Seraph Cuchulain lachte nur: ›So was! Schaut mich doch an, Mann. Eure kleine Münze ist weit hinter den Ringen des Saturn heruntergefallen.‹

Und Brien trat einen Schritt zurück und sah ihn an. Er war ebenso nackt wie Brien. Er war so nackt wie ein Stein oder ein Aal oder ein Topf oder ein Neugeborenes. Er war sehr nackt.

Da ging Brien von der Sippe der O'Brien auf die andere Wegseite und setzte sich neben eine Hecke: ›Der erste Mann, der hier entlangkommt‹, sagte er, ›wird mir seine Kleider geben, oder ich erwürge ihn.‹

Der Seraph Cuchulain ging zu ihm hinüber. ›Ich nehme die Kleider vom zweiten, der vorbeikommt‹, sagte er und setzte sich.«

26. KAPITEL

Und dann«, sagte Patsy Mac Cann nachdenklich, »sind wir dahergekommen, und sie haben uns die Kleider weggenommen.« Zu Caeltia gewandt fuhr er fort: »Das war keine schlechte Geschichte. Ihr seid ein ebenso guter Geschichtenerzähler, Mister, wie der Mann da.« Damit zeigte er auf Billy den Musikanten.

Billy meinte bescheiden: »Das kommt nur davon, daß die Geschichten gut waren, darum waren sie gut erzählt, denn es ist nicht mein Gewerbe und wäre kein Wunder, wenn ich's verpfuschen würde. Ich bin, wie gesagt, Musiker, und das dort ist mein Instrument. Aber ich hab mal einen Alten in Connaught gekannt, der war großartig im Geschichtenerzählen. Er verdiente sein Geld damit, und wenn der mittendrin aufgehört hätte, die Leute wären aufgestanden und hätten ihn totgeschlagen, ganz bestimmt. Das war ein begabter Mann, der konnte einem eine Geschichte über nichts und wieder nichts so erzählen, daß man mit offenem Mund zuhörte und Angst hatte, sie wäre bald zu Ende, und vielleicht ging es dabei bloß darum, wie ein weißes Huhn ein braunes Ei legt. Er konnte einem von etwas erzählen, das man seiner Lebtag gekannt hatte, als sei es was ganz Neues. Der Mann war im Kopf nicht alt, das ist nämlich das Geheimnis beim Geschichtenerzählen.«

Mary sagte: »Ich könnt Tag und Nacht eine Geschichte hören.«

Ihr Vater nickte zustimmend: »Ich auch und wenn's eine gute Geschichte und gut erzählt ist, würd ich danach gern noch eine hören.« Er wandte sich an Art: »Söhnchen, Ihr habt selbst gesagt, Ihr hättet eine Geschichte im Kopf. Wenn's stimmt, habt Ihr jetzt Gelegenheit, sie zu erzählen, aber ich hab meine Zweifel, daß Ihr's so gut könnt wie die beiden hier, denn Ihr seid noch ein Junge, und Geschichtenerzählen ist ein Geschäft für ältere Männer.«

»Ich werde mein Bestes tun«, sagte Art, »aber ich hab noch nie in meinem Leben eine erzählt, vielleicht ist sie beim ersten Versuch nicht gut.«

»Nur zu«, ermutigte Mac Cann, »wir werden nicht streng mit Euch sein.«

»Bestimmt nicht«, sagte Billy der Musikant, »und Ihr habt uns ja jetzt alle gehört, da werdet Ihr wohl wissen, wie's geht.«

»Was wollt Ihr denn erzählen?« fragte Caeltia.

»Ich will von Brien O'Brien sprechen, so wie Ihr.«

»Habt Ihr ihn denn auch gekannt?« rief Billy aus.

»Ja.«

»Es gibt niemand, der den Menschen nicht gekannt hat«, knurrte Patsy. »Vielleicht« – und dabei grinste er hinterhältig – »vielleicht begegnen wir ihm unterwegs beim Herumzigeunern, und dann erzählt er uns selber ’ne Geschichte.«

»Dieser Mensch könnte keine Geschichte erzählen«, warf Finaun ein, »denn er hat kein Gedächtnis, und das ist etwas, was ein guter Erzähler braucht.«

»Wenn wir ihm begegnen«, sagte Mac Cann grimmig, »nehm ich ihn mir vor, und daran wird er sich erinnern, und vielleicht kann er daraus sogar ’ne Geschichte machen.«

»Ich habe ihn nur einmal gesehen«, sagte Art, »aber als ihn Rhadamanthus durch den leeren Raum schleuderte, hab ich sein Gesicht erkannt, und dabei ist schon so viel Zeit vergangen, seit ich ihn sah. Er ist jetzt weniger als damals, aber immerhin weit mehr als ich erwartet hatte.«

»Was ist er denn jetzt?« fragte Billy der Musikant. »Er ist ein Mensch.«

»Das sind wir auch«, sagte Patsy, »das fällt uns nicht schwer.«

»Es war schwerer, als ihr euch vorstellt«, sagte Finaun.

»Ich hatte erwartet, daß er nicht mehr ist als eines der höheren Tiere, oder sogar, daß er ganz aus dem Dasein gelöscht wurde.«

»Was war er denn, als Ihr ihn damals traft?«

»Er war damals Magier, und zwar einer der mächtigsten Magier, die je gelebt haben. Er war ein Wesen der fünften Stufe und hinter viele Geheimnisse gekommen.«

»Ich habe auch Magier gekannt«, warf Finaun ein, »und stets gefunden, daß es Narren waren.«

»Brien O’Brien zerstörte sich selbst«, fuhr Art fort, »er verwirkte seine Evolution und verdreifachte die Last seines Karmas, weil er keinen Sinn für Humor hatte.«

»Kein Magier hat Sinn für Humor«, bemerkte Finaun,

»sonst könnte er nicht Magier sein. Humor ist Gesundheit des Geistes.«

»Das«, unterbrach Art, »ist eines der Dinge, die er mir sagte. Ihr seht also, er hatte etwas herausbekommen. Er war sogar fast schon ein Weiser. Jedenfalls war er ein mutiger Mann, vielleicht sogar tollkühn. Aber er war so wenig heiter wie ein Nebeltag und konnte es selbst nicht glauben.«

»Erzählt uns die Geschichte«, bat ihn Caeltia.

»Hier ist sie«, sagte Art.

27. KAPITEL

Eines Tages, vor langer Zeit, arbeitete ich beim Heer der Stimme. Die erste Silbe des Hohen Wortes war ausgesprochen, und im fernen Osten, jenseits der sieben flammenden Räder, zogen ich und die sechs Söhne die vielen Leben in eins zusammen und hielten sie bereit für den Sturm, der das Eine, das Einzige ist. Wir warteten auf die zweite Silbe, die den Sturm bringen sollte. Wie ich so auf meinem Platz stand und den Norden ruhig hielt, spürte ich ein starkes Vibrieren zwischen den Händen. Etwas wirkte störend auf mich ein. Loslassen konnte ich nicht, aber ich drehte mich um und sah einen Mann hinter mir stehen, der zauberte. Es war ein kleiner, dunkelhäutiger Mann mit borstigem Bärtchen am Kinn und struppigem schwarzem Haar. Er stand innerhalb eines doppelten Dreiecks mit nach oben gerichteten Spitzen, und auf den Spitzen beider Dreiecke waren magische Zeichen. Während ich ihn beobachtete, zog er einen Flammenkreis um sich, erst von einer Seite zur anderen, anschließend einen von vorn nach hinten, und er zog diese Kreise so rasch, daß er wie von einer Feuerwand umringt war.

Ich schoß einen Donnerkeil auf ihn ab, doch der konnte seine Zirkel nicht durchbrechen; er traf sie, fiel aber zu Boden, ohne Schaden anzurichten, denn seine Zirkel hatten eine höhere Geschwindigkeit als mein Donnerkeil. So stand er denn in den Dreiecken, lachte mich aus und schabte sich das Kinn. Ich wagte nicht, noch einmal die Hände zu öffnen, um nicht die Mühen des Zyklus für einen kurzen Augenblick zu vergeuden, und die anderen zu rufen hatte keinen Sinn, denn auch sie hielten die Leben bereit für den großen Sturm, der sie zu einem Planeten formen sollte – so war ich dem Mann ausgeliefert.

Er wirkte mir entgegen und entwickelte dabei erstaunliche Kraft. Auf irgendeine Weise hatte er die erste Silbe des Hohen Wortes entdeckt und stimmte es unter Kichern an, konnte uns aber nicht zerstören, denn gemeinsam bildeten wir die Summe dieser Silbe. Als ich ihn wieder ansah, lachte er mir zu, und was er sagte, wunderte mich.

›Das‹, sagte er, ›ist sehr komisch.‹

Ich antwortete ihm nicht, denn ich war ganz darauf bedacht, meinen Griff nicht zu lockern, doch ich war beruhigt. Obwohl er ständig den Großen Ton gegen mich anstimmte, war dessen Wirkung neutralisiert, denn ich bin eine Zahl, und gemeinsam waren wir sämtliche Zahlen. Dennoch zerrte und wogte die Substanz so mächtig, daß ich nicht mehr tun konnte, als sie in Schach zu halten. Der Mann sprach mich erneut an. Er sagte: ›Findet Ihr nicht, daß es sehr komisch ist?‹

Eine Weile antwortete ich nicht, dann sagte ich: ›Wer seid Ihr?‹

›Ein Name‹, erwiderte er, ›ist eine Macht. Meinen Namen sage ich Euch nicht, obwohl ich es gern täte, denn das hier ist eine große Tat und eine komische dazu.‹

›Welches ist Euer Planet?‹ fragte ich.

›Das sage ich Euch nicht‹, erwiderte er, ›Ihr könntet mein Zeichen deuten und mich verfolgen.‹

Unwillkürlich bewunderte ich die ungeheure Impertinenz seines Tuns.

›Euer Zeichen kenne ich‹, sagte ich, ›denn Eure Hand hat es bereits dreimal gemacht, und es gibt nur einen Planeten dieses Systems, der den fünften Lauf entwickelt hat, daher kenne ich ihn. Euer Symbol ist das Maultier, und Uriel ist Euer Regent, er wird Euch bald holen kommen, Ihr geht also besser fort, solange Ihr dazu noch Zeit habt.‹

›Wenn er kommt‹, sagte der Mann, ›stecke ich ihn in eine Flasche, und auch Euch stecke ich in eine Flasche. Ich gehe noch lange nicht fort; der Spaß ist zu köstlich, und das hier ist erst der Anfang.‹

›Die zweite Silbe wird Euch einholen‹, warnte ich ihn.

›Die stecke ich in eine Flasche‹, sagte er grinsend. ›Nein‹, fuhr er fort, ›ich werde nicht eingeholt, ich habe meine Berechnungen angestellt, und noch ist es nicht soweit.‹

Wieder überschüttete er mich mit dem Großen Ton, bis ich hin- und herschwankte wie ein Busch im Wind, doch meinen Griff konnte er nicht lockern, denn ich war Teil des Hohen Wortes.

›Warum tut Ihr das?‹ fragte ich ihn.

›Das will ich Euch sagen‹, antwortete er. ›Ich bin zweierlei und groß in beidem. Ich bin ein großer Magier und ein großer Humorist. Daß man Magier ist, läßt sich leicht beweisen: Man braucht nur etwas zu tun, und die Leute staunen, es erfüllt sie mit Angst und Verwunderung, sie fallen nieder und beten einen an und nennen einen Gott und Herr. Humorist zu sein ist weniger leicht, denn dabei muß man die Leute zum Lachen bringen. Will einer Magier sein, so wird seine Kunst anerkannt, wenn die Menschen um ihn her Narren sind. Will einer aber Humorist sein, müssen die Leute um ihn her mindestens ebenso weise sein wie er, sonst wird sein Humor nicht begriffen.

Ihr seht, meine Lage ist mißlich und grausam dazu, denn ich kann auf keine meiner Ambitionen verzichten, sie sind mein Karma. Lachen ist eine rein intellektuelle Fähigkeit, und ich habe auf meinem Planeten keine mir intellektuell Ebenbürtigen; nur ich weiß meine Späße zu genießen, und das Wesen des Humors ist doch, daß man ihn mit jemandem teilt, sonst wird er kränklich und zynisch und grämlich. Ich kann meinen Humor mit den Bewohnern meines Planeten nicht teilen, weil sie alle eine halbe Stufe tiefer stehen als ich. Nie begreifen sie einen Spaß, sehen immer nur Konsequenzen; das macht sie blind gegenüber der Lachhaftigkeit einer Sache, und mich macht es unzufrieden und böse. Mein Humor ist zu hoch für sie, denn er ist nicht irdisch, sondern kosmisch, einzig und allein die Götter wissen ihn zu schätzen. Deswegen bin ich hierhergekommen: um Gleichgesinnte zu finden und wenigstens ein einziges Mal herzlich mit ihnen zu lachen.

Man muß lachen‹, fuhr er fort, ›denn Lachen bedeutet geistige Gesundheit, und ich habe seit zehn Millionen Jahren nicht mehr gelacht.‹ Darauf nahm er die Silbe wieder auf und stimmte ihren schwellenden Ton an, daß die Materie unter meinen Händen sich unerträglich anspannte.

Ich wandte den Kopf und sah den kleinen Mann an, der fröhlich vor sich hin lachte und sein Kinn schabte.

›Ihr seid ein Narr‹, sagte ich zu ihm.

Das Lächeln erlosch auf seinem Gesicht und machte leichter Enttäuschung Platz.

›Ist es möglich, Regent, daß Ihr keinen Sinn für Humor habt?‹ sagte er.

›Das hier‹, entgegnete ich, ›hat mit Humor nichts zu tun. Es ist ein böser Streich, nicht mehr als der Anfang zu Humor, es liegt kein Witz darin, nur Unheil, denn eine Arbeit zu stören ist der Humor eines Kindes oder Affen. Ihr seid ein durch und durch ernsthafter Mensch, Ihr werdet nicht in zehn Ewigkeiten einen Witz machen, auch das ist Euer Karma.‹

Bei diesen Worten blickten seine Augen mich düster an, und ein Ausdruck echter Bosheit trat in sein Gesicht: er versuchte, aus seinen Dreiecken nach mir zu treten, und zischte vor Wut.

›Ich zeig Euch noch etwas‹, sagte er, ›und wenn Euch das nicht zum Lachen bringt, dann wird es wenigstens alle anderen, die es hören, ein Zeitalter lang zum Lachen bringen.‹

Ich sah, daß er sich einen persönlichen Tort für mich überlegte, war aber machtlos, denn ich konnte die Substanz nicht loslassen. Da erhob er die Hände gegen mich, doch in diesem Augenblick erklang ein Ton, so leise, so tief, daß er kaum hörbar war, und mit der gleichen Stärke durchdrang dieser Ton allen Raum und schwebte an jedem Punkt und in jedem Atom mit seinem alles erschütternden Atem – wir begannen den großen Sturmwind zu bilden.

Der Mann ließ die Hände sinken und sah mich starr an.

›Oh‹, sagte er und dann noch einmal flüsternd: ›Oh!‹

Der Laut war der Beginn der zweiten Silbe.

›Und ich dachte, ich hätte noch Zeit‹, stieß er hervor, ›meine Berechnungen waren falsch.‹

›Der Scherz hat sich gegen Euch gewandt‹, sagte ich zu ihm.

›Was soll ich tun?‹ schrie er.

›Lachen‹, antwortete ich, ›über den Scherz lachen.‹

Schon hatten seine fliegenden Kreise aufgehört zu rotieren, und ihre breite Flamme war zu blauem Flackern eingeschrumpft, das erlosch, während ich hinsah. Er stand nur mehr in den Dreiecken und war meiner Rache ausgeliefert. Seine verstört glotzenden Augen fielen auf den Donnerkeil in meiner Hand.

›Dessen bedarf es nicht mehr‹, sagte er, nicht ohne einen Rest von Würde, ›der Ton hat mich eingeholt, mit mir ist es aus.‹

So war es, darum schoß ich meinen Donnerkeil nicht ab.

Schon zerbröckelten seine Dreiecke. Er sank in die Hocke, umfaßte seine Beine mit den Händen und neigte den Kopf auf die Knie. Ich konnte es deutlich sehen: er wußte, daß nun alles verloren war und daß er einen letzten, verzweifelten Versuch unternahm, seine Wesenheit vor der Auflösung zu bewahren. Es gelang ihm auch, denn eine Sekunde bevor die Dreiecke verschwanden, war er unsichtbar geworden. Ganz jedoch konnte er dem Ton nicht entgangen sein, das war unmöglich, und wenn er seinen Planeten noch erreicht haben sollte, dann als Wesen der dritten Stufe, anstelle der fünften, die er schon erlangt hatte. Er mußte die gesamte Evolution noch einmal durchlaufen und hatte darüber hinaus noch seine Karma-Unzulänglichkeiten bedeutend vermehrt. Ich sah ihn nie mehr, hörte auch nie mehr von ihm bis zu dem Tag, an dem Brien O'Brien aus den großen Toren geworfen wurde. Da wußte ich, daß er und O'Brien ein und derselbe waren, daß er wirklich davongekommen und nun ein Wesen vierter Ordnung auf dem niedrigsten Planeten war.

Vielleicht hört man wieder von ihm, denn er ist ein energischer Mensch, rastlos, für den die Umwelt ein Feind, der Humor ein ehrgeiziges Ziel und ein Geheimnis ist.

Damit endet meine Geschichte«, schloß Art bescheiden.

Mac Cann sah ihn aus einer Wolke Tabaksqualm nachsichtig an. »So gut wie die vorige war sie nicht«, meinte er, »aber dafür könnt Ihr nichts, wo Ihr obendrein noch so jung seid.«

»Er ist nicht so jung wie er aussieht«, bemerkte Finaun.

»Eine gute Geschichte muß von alltäglichen Dingen handeln«, fuhr Patsy fort, »und kein Mensch wüßte zu sagen, wovon Eure Geschichte gehandelt hat.«

Hier schaltete Billy der Musikant sich ein: »Von einem würde ich gern mehr hören, nämlich von Cuchulain, weil der mein Schutzengel ist und ich mich für ihn interessiere. Wenn ich ihn das nächste Mal treffe, stell ich ihm ein paar Fragen.«

Er sah sich im Kreise um.

»Möchte jemand ein Lied auf der Ziehharmonika hören? Ich hab sie zur Hand, und es wird Abend.«

»Ihr könnt uns eins spielen, wenn wir das nächste Mal zusammen sind«, sagte Patsy, »denn jetzt sind wir alle müde vom Geschichtenhören, und Ihr seid's auch.«

Er stand auf und gähnte herzhaft mit gestreckten Armen und geballten Fäusten.

»Wir müssen weiter«, fuhr er fort, »der Abend kommt, und es sind zwanzig Meilen bis zum Jahrmarkt.«

Sie schirrten den Esel ein.

»Ich gehe in die entgegengesetzte Richtung«, sagte Billy der Musikant.

»Auch gut«, sagte Patsy. »Gott sei mit Euch, Mister.«

»Gott bleibe bei Euch«, erwiderte Billy der Musikant.

Dann zog er davon in seine Richtung, während Mac Cann und seine Gefährten mit dem Esel die andere einschlugen.

BUCH IV

MARY MAC CANN

28. KAPITEL

Die Suche nach Arbeit und Nahrung führte sie, wenn auch auf anderen Wegen, zurück durch Kerry, hinauf nach Connemara und von dort durch steinige Gegenden wieder nach Donegal und hin zu den zerklüfteten Bergen.

Ihre Tage waren ereignislos und friedlich, ihre Nächte waren angenehm, und selten fehlte ihnen auch nur eine Mahlzeit pro Tag. Wenn sie ihnen fehlte, verbrachten sie eine unangenehme Stunde im Schweigen derer, denen eine derartige Lücke nicht unbekannt ist. Unter Mac Canns Führung kämpfte sich die kleine Truppe von Mahlzeit zu Mahlzeit wie ein Heer, das auf seinem Zug die Städte belagert, plündert und wieder räumt.

Manchmal geriet bei Nacht ein Balladensänger auf ihren Weg, ein aufgebrachter Mann, dem seit zwei Tagen niemand ein Lied abgekauft hatte, und der sie gegen Barzahlung in Lebensmitteln mit seinen Melodien unterhielt und alle selbstverfaßten Flüche gegen diejenigen rezitierte, die einen Musikus nicht bezahlten. Manchmal stießen sie auf eine Versammlung von Kesselflickern, Hausierern, Tramps und Trickbetrügern, und in ihrer Mitte wanderten sie zu einem Jahrmarkt. Das waren stürmische Nächte! Wüste Kehlen, die zu den Sternen emporbrüllten, und viel lautes Getrampel auf den Straßen, wenn die Frauen rauften und kreischten und die Männer ihnen kritisch und anfeuernd zujohlten und vor lauter Kritik selbst in das Handgemenge verwickelt wurden. Elende Attacken, mehr mit Worten als mit Waffen, Einmischen in Schlägereien, die als einstündiges Denkmal ihrer Taten ein paar blutige Nasen und verschwollene Lippen hinterließen.

Und wieder die friedlichen Nächte, die ruhigen Sterne, der stille Mond, der seinen Pfad mit Silber bestreute, Freiraum für Auge, Ohr und Seele. Das Rauschen der Bäume, das nie verstummende Rascheln des Grases und der Wind, der kam und ging, seine langgezogenen Rhythmen sang oder sein kaltes Wiegenlied über die Felder raunte.

Eines Tages, als sie gerade mit dem Essen fertig waren, winkte Finaun Caeltia und Art beiseite, und sie steckten die Köpfe zusammen. Dann wandte sich Finaun an Mac Cann und seine Tochter und sagte: »Wir haben beendet, wozu wir gekommen sind, liebe Freunde.«

Patsy nickte ihm zu und runzelte die Stirn. »Was war's denn?«

»Ich bin gekommen, um den Mächten zu helfen«, sagte Finaun sanft.

»Ich hab nicht gesehen, daß ihr viel getan hättet«, sagte Patsy.

»Und nun«, fuhr Finaun lächelnd fort, »ist die Zeit gekommen, da wir fort müssen.«

»Ihr habt's wohl eilig?«

»Wir haben es nicht besonders eilig, aber die Zeit ist gekommen, da wir zurück müssen.«

»Nun ja«, sagte Patsy. »Wir sind nicht weit von dort, wo wir aufgebrochen sind. Wenn wir in einen der Wege hier rechts einbiegen und weiter nach Westen gehen an Cnuc-Mahon und Tober-Fola und Rath Cormac vorbei, kommen wir zu der Stelle, wo eure Sachen vergraben sind, und dann, mein ich – könnten wir in drei Tagen dort sein. Genügt euch das?«

»Es genügt«, sagte Finaun.

Den Rest des Tages gingen er und seine Gefährten nebeneinander und sprachen miteinander, während Mac Cann und seine Tochter hinter dem Esel hergingen.

Patsy war ebenfalls den ganzen Tag in Gedanken verloren, und Mary hatte ihre eigenen Sorgen, sie sprachen fast gar nicht, und der Esel langweilte sich.

Abends kampierten sie unter einem geborstenen Torbogen, dem Überbleibsel eines ihnen unbekannten zerfallenen Gebäudes, und versanken, rings ums Feuer sitzend, in Schweigen. Alle starrten in die rote Glut und dachten die ihnen notwendigen Gedanken, da geschah es, daß Art zum ersten Mal vom Torfofen auf und zu Mary hinübersah und erkannte, daß sie schön war.

Ihr Blick hatte auf ihm geruht, denn das war zur Zeit ihre einzige Beschäftigung. Sie lebte nur noch in diesem immer wiederkehrenden prüfenden Betrachten. Sie beschäftigte sich mit seiner Person, wie ein Geizhals über seinem Gold brütet, oder eine Mutter unersättlich ihr Kind umflattert, aber er hatte sie noch nie beachtet. Jetzt aber sah er sie an, und über den Ofen hinweg tauchten ihre Blicke tief ineinander.

Schon war etwas zwischen ihnen entstanden – das Geschlecht war geboren, und noch ein anderes fing an, sich schwach ins Leben zu drängen –, die Liebe, dieser Schutz und Schirm, die Hingabe, diese Summe allen Lebens, der scheue Prinz, kaum zu erkennen im Völkergewimmel der Erde, hob träge eine schlaffe Hand aus seinem Zauberschlaf.

Welches Feuer sprühte aus ihren Augen! Die stille Nacht begann zu erklingen. Wieder umschwebten Mary Wörter, wie damals in jenem Zwielicht, als ihr Herz zum ersten Mal zu singen versuchte. War auch die Nacht rings um sie her dunkel und lautlos, in ihrem Inneren war Morgendämmerung und Sonnenschein, und sie badete sich in der Glut. Und er? Wir wissen nur eines: daß seine Augen sanftes Feuer strahlten, allumfassend, unerschöpflich. Er umhüllte sie wie mit einem Meer. Sie glitt darin aus, stürzte, tauchte unter und fand sich wieder, ein neuer Mensch, neu geboren, erschauernd in der Umarmung dieser Wasser, wunderbar lebendig und doch so matt, daß sie kein Glied rühren konnte. Sie schwankte darauf wie ein Boot auf breiten Wellen. Nichts war zu sehen außer der grenzenlosen See, selbst er entschwand ihrem Blick, aber nicht ihrem Empfinden: er war eine Macht, groß wie die Welt, tief, steil und furchtbar wie das All.

Sie waren allein. Die schweigenden, neben ihnen sitzenden Männer zerrannen, verblaßten und lösten sich auf. Die Nacht entglitt ihrer Wahrnehmung wie eine aufsteigende Rauchwolke verweht: Bäume und Hügel traten leise zurück und versanken. Nun befanden sie sich in einer eigenen Welt, mikroskopisch klein, aber voller Kraft, in einer Sphäre von begrenztem Umfang, kleiner als sie mit ausgestreckten Armen hätten umfassen können, in einem Rund von so heftiger Bewegung, daß sie der Regungslosigkeit des Kreisels glich, und Marys Gemüt wirbelte mit und stand in diesem Wirbeln unbeweglich. Sie vermochte nicht zu denken, nicht einmal versuchsweise, das war ihre Unbeweglichkeit, aber fühlen konnte sie, das war ihre Bewegung, sie war nicht länger eine Frau, nur noch eine Empfänglichkeit, sie war ein allumfassender Kontakt, der an jeder Stelle, in jeder Pore bebte: sie war ausgeliefert, verloren, überwältigt und gehörte sich nicht mehr.

So viel vermag das Auge, wenn der gespannte Körper gezielt durch die Linse späht. Sie existierten einer im anderen: in und durch den anderen, die drei Fuß Abstand waren nicht mehr, waren verschwunden, sie waren ein einziges Wesen, das sich auf meilenlangen Flügeln durch unermeßliche Räume schwang.

Als sie einschliefen, war es ein bloßes Nach-rückwärts-Gleiten, eine Bewegung, die sie nicht mehr wahrnahmen: sie schliefen ehe sie einschliefen, schliefen schon lange vorher, betäubt, bewußtlos gemacht vom starken Trank des Körpers, stärker als alles auf der Welt außer der scharfen Essenz des Verstandes, die alle Dinge erweckt und nicht zuläßt, daß sie jemals wieder eingelullt werden.

Als der Morgen graute und die Lagernden erwachten, gab es eine kleine Verwirrung, denn Mac Cann war nicht an der Stelle, an der er geschlafen hatte, und sie konnten sich nicht denken, wohin er gegangen war.

Mary erörterte sein Verschwinden in den verschiedenartigsten Wendungen, und nur Caeltia wirkte etwas niedergeschlagen und lehnte es ab, sich dazu zu äußern. Sie warteten stundenlang auf ihn, aber er tauchte nicht wieder auf, und mittags beschlossen sie, nicht länger zu warten, sondern ihre Wanderung fortzusetzen, in der Hoffnung, daß er sie einholen würde, falls er hinter ihnen war, und daß sie ihn einholen würden, falls er voraus war, denn ihre Route lag fest.

Die Engel schienen sich ohne ihn nicht mehr so gut zurechtzufinden und blickten einigermaßen zweifelnd auf Mary, die nun bei der Wanderung und der Beschaffung der täglichen Nahrung die Führung übernahm.

Etwas zu essen mußte heran, und nicht nur für sich mußte sie es auftreiben, sondern auch für die übrigen Mäuler. Es war das erste Mal, daß sie allein war, und obwohl ihre Brauen und Lippen nicht zitterten, schlug ihr doch vor Angst das Herz im ganzen Körper.

Zweierlei nämlich mußte sie tun, was sie noch nie getan und auch nie geglaubt hatte, es tun zu müssen. Sie mußte denken und dann dem Gedanken folgen, indem sie ausführte, was sie gedacht hatte. Was von beidem schrecklicher war, wußte sie nicht, doch es gab keinerlei Zweifel, was zuerst geschehen mußte: die einfachste logische Ordnung verlangte ausdrücklich, daß sie zuerst dachte, bevor sie etwas tun konnte, und so begab sich ihr Hirn an das unangenehme Knüpfen von Gedankengeweben, die zunächst für jegliche Benutzung zu fadenscheinig gerieten. Aber an diesem Tag entdeckte sie ihren Kopf und wie sie ihn ohne Beistand einsetzen konnte. Auch mit dem Gedächtnis mußte sie arbeiten, mit der Erinnerung an das Vorgehen ihres Vaters. Gedächtnis ist Wissen. Ein gut möblierter Kopf und Energie, das ist ein Gepäck fürs Leben, ein Gepäck für die Ewigkeit.

Sie trat vor den Esel und zog ihn am Ohr, damit er sich in Bewegung setze. Caeltia und Finaun schritten neben ihm, so ging es vorwärts. Hinterdrein kam Art und schnupperte mit gierigen Nüstern in die sonnige Luft, denn es war fünf Stunden her, seit sie gegessen hatten, und mehr als drei Stunden zu fasten fiel ihm schwer.

29. KAPITEL

Sie trieb sehr wohl etwas zu essen auf. Sie ernährte ihre drei Kinder üppig, ließ sie aber beim Heranschaffen helfen. Sie sah sich Finauns markante Nase an, seinen wallenden Bart, sein Betragen, das das eines ausgewachsenen, artigen Kindes war, und zog Nutzen daraus. »Essen muß man«, sagte sie.

Kamen sie zu einem Haus an der Straße, wies sie Finaun an, an der Tür um Brot zu bitten. Er bekam es und hatte nur einen bedächtigen Mundvoll gegessen, wenn sie es ihm entriß und für das Gemeinwohl bestimmte.

Sie schickte Caeltia durch die offene Tür in ein Bauernhaus, und sein Unternehmen wurde noch acht Stunden später gefeiert. Sie selbst vollbrachte Meisterstücke in einem Hühnerstall und einem Viehpferch, gab aber Art keine Anweisungen, außer wenn es ans Zugreifen beim Essen ging, und da gehorchte er entsprechend.

In mancher mißlichen Lage rief sie sich das Tun ihres Vaters ins Gedächtnis und verstand zum ersten Mal wirklich, wie geschickt und unermüdlich er gewesen war. Auch merkte sie, daß sie sich zwar an seine Taktiken erinnerte, daß aber die ihren damit verglichen kindische Stümpereien waren, und dank dieser Erinnerung verbesserte sie sich immer mehr, und das Leben begann so ordentlich seinen Gang zu gehen, wie alle es erwarteten. An diesem Abend ruhte sie an der Glut des Feuers auch ihren Kopf aus, der nie zuvor müde gewesen war. Sie sehnte sich nach der Gegenwart ihres Vaters, um von ihm vielleicht das Lob zu hören, von dem ihre jetzigen Gefährten nicht wußten, daß es ihr zustand.

»Noch zwei Tage«, rief ihr Herz ihr bitterlich zu, während sie am folgenden Morgen weiterzogen, doch sie verbannte den Gedanken und wandte sich ihrem Alltagskram zu. Sie verbannte ihn, und doch blieb er haften, unbestimmt und gewichtig wie ein Alptraum, und wenn sie sich auf dem Weg umsah, blickten Arts Augen mit einer Gelassenheit in die ihren, die sie fast wahnsinnig machte. Sie konnte ihn nicht begreifen.

Sie hatten sich noch nie unterhalten. Kein einziges Mal hatten sie direkt miteinander gesprochen seit der Nacht, in der er in den Feuerschein der Kohlenpfanne getreten war. Anfangs war sie vor ihm geflohen, und diese Angst war ganz und gar nur Scheu und Ungezähmtheit gewesen, und so war es Gewohnheit geworden, einander zu übersehen, eine Gewohnheit, die er nie zu durchbrechen versuchte und der ein Ende zu machen sie nicht verstand.

»Zwei Tage!« wiederholte ihr Herz und durchdröhnte alle ihre Pläne, und wieder schickte sie ihr Herz in die Verbannung, und selbst als sie sein Jammern nicht mehr hörte, spürte sie es noch.

Zu Mittag machten sie Rast: Brot, Kartoffeln und ein kleines Stück Käse, ein reichliches Mahl, und zum Herunterspülen Wasser aus dem Fluß.

Die Zügel des Esels wurden über einen Ast geworfen, und er bekam Erlaubnis, ringsherum zu weiden. Auch er durfte aus dem Fluß trinken und freute sich darüber.

Während sie so dasaßen, kamen drei Leute hinter ihnen den Weg herauf. Sie sahen sie und beobachteten ihr Vorrücken. Es war ein geschwätziges, unordentliches Vorrücken. Ein Vorrücken, das alle paar Schritte zwecks Palaver stockte und dann weiterging wie eine Schlacht.

Die Gruppe bestand aus zwei Männern und einer Frau, und es schien, als stritten sie jeden Zoll des Weges. Gewiß, sie lachten auch dabei, dann drang schrilles Gelächter den Weg herauf und wiederholte sich. Einmal brach das Gelächter mitten in seinem heiseren Ton ab wie von einer Hand entzweigeschlagen. Dann begann das Palaver aufs neue, und die Gesellschaft setzte sich wieder in Bewegung. Was sie redete, war nicht zu unterscheiden, aber den Lärm ihrer Unterhaltung hätte man noch am anderen Ende der Welt gehört. Sie brüllten und kreischten, und immer wieder unterbrach rauhes, johlendes Gelächter das Getöse.

Da sprach Caeltia: »Kennt Ihr diese Leute?«

»Die Frau ist Eileen Ni Cooley«, gab Mary Auskunft, »denn die kenn ich am Gang, aber die zwei Männer kenn ich nicht.«

Caeltia lachte still in sich hinein. »Der größere«, sagte

er, »ist der Seraph Cuchulain, der andere ist jener Brien O'Brien, von dem ich euch erzählt habe...«

Marys Gesicht erglühte, aber sie sagte nichts. Nach wenigen Minuten waren die Leute herangekommen.

Eileen Ni Cooley wirkte zerzaust: der Schal hing ihr nur von der einen Schulter und war voller Löcher. Ihr Kleid war zerlumpt, und eine lange rote Haarsträhne wehte hinter ihr her wie eine Flamme. Auch ihr Gesicht war rot, aber ihre Augen waren angstvoll und schweiften von einem zum anderen.

Sie kam gleich auf das Mädchen zu und setzte sich neben sie. Der junge Cuchulain setzte sich neben Art, Brien O'Brien aber stellte sich einige Schritte entfernt auf, die Fäuste in den Taschen und kaute heftig Tabak. Von Zeit zu Zeit stieß er ein schrilles, knurrendes Lachen aus und hielt sich dann ostentativ die Hand vor den Mund.

»Gott mit dir, Mary Ni Cahan«, sagte Eileen Ni Cooley, steckte ihre flatternde Haarsträhne fest und ordnete ihren Schal.

»Was hast du denn?« fragte Mary.

»Wo ist dein Vater?« fragte Eileen zurück.

»Das weiß ich nicht. Als wir gestern früh vom Schlafen aufstanden, war er nicht an seinem Platz, und wir haben ihn seitdem nicht mehr gesehn.«

»Was soll ich nur machen?« fragte Eileen leise. »Die Männer haben mir so zugesetzt, daß ich mir nicht mehr zu helfen weiß.«

»Was könnte mein Vater schon tun?« fragte Mary streng. »Und außerdem hast du ihm Streiche gespielt, seit du geboren bist.«

»Das geht nur ihn und mich an«, entgegnete Eileen, »und hat nichts zu bedeuten. Ich wünschte, dein Vater würde diesen O'Brien für mich verprügeln. Der läßt mir Tag und Nacht keine Ruhe, und ich werde ihn nicht los.«

Da neigte Mary sich zu ihr und flüsterte: »Diesen Mann könnte mein Vater nicht verprügeln. Ich habe sie nämlich auf dem Weg nach Donnybrook miteinander raufen sehn, und er hatte keine Chance gegen ihn.«

»Aber ja doch könnte er ihn verprügeln«, widersprach Eileen entrüstet, »und ich würd ihm sogar noch dabei helfen.«

»Wenn dir mein Vater was schuldig ist«, sagte Mary, »bin ich bereit, für ihn zu zahlen. Komm, wir tun uns zusammen gegen den Mann da, zu zweit schlagen wir ihn vielleicht in die Flucht.«

Eileen sah sie nur an.

»Ich hab ihn schon einmal geschlagen«, fuhr Mary fort, »und tät es gern nochmals. Meine Leute hier würden einstweilen seinen Freund festhalten, damit er sich nicht einmischt.«

Eileen Ni Cooleys blaue Augen leuchteten voller Einverständnis, sie schob ihren Schal von den Schultern und ließ ihn zu Boden fallen.

»Das tun wir, Mary«, sagte sie. »Und zwar sofort.« Beide erhoben sich, gingen auf Brien O'Brien zu und sprangen ihn so unvermittelt an wie zwei Panther. Sie sprangen so ohne jede Vorwarnung, daß er mit gewaltigem Plumps auf die Straße fiel. Doch er blieb nicht liegen.

Nach kurzer Verblüffung stand er auf und begann mit den beiden zu spielen wie ein Taschenspieler mit zwei Bällen, so daß ihnen der Atem aus dem Leibe fuhr und sie sich hinsetzen mußten, wenn sie nicht ersticken wollten.

»So einer ist das«, fauchte Eileen.

»Na, wenn schon«, sagte Mary wütend. »In einer Minute nehmen wir ihn uns noch mal vor.«

Das Lager geriet in Aufruhr, und aus diesem Aufruhr heraus sprang nun Art auf Brien O'Brien zu, doch der Seraph Cuchulain sprang auch, schneller als Art, und bezog

Stellung am Ellbogen seines Freundes. Dann kam Caeltia freudig leuchtenden Gesichts auf Zehenspitzen heran und stellte sich neben Art gegen die beiden anderen. Finaun aber war der schnellste von allen: er sprang zwischen die beiden Paare, und keiner von den vieren wagte es, die Hand gegen ihn zu heben.

Sekundenschnell hatte das Gewitter ausgetobt, alle kehrten töricht lächelnd an ihre Plätze zurück. »Die Frauen sollen Ruhe geben«, sagte Brien O'Brien schroff. Auch er setzte sich, und sein Rücken berührte die Beine des Esels. Dieser war fertig mit Fressen und Saufen, und sein Auge war auf den Horizont gerichtet mit der Beflissenheit dessen, der nichts sieht, vielmehr die Außenwelt nur benutzt, um sich die Innenwelt mit aller Schärfe zu verdeutlichen.

Brien O'Brien besah sich Finaun mit neu erwachtem Interesse und ließ den Priem im Mund rotieren. Dann sagte er zu Cuchulain: »Glaubst du, daß der alte Kerl uns so behandeln kann wie Rhadamanthus damals?«

»Könnte er«, lachte Cuchulain, »mit Leichtigkeit.« O'Brien wälzte den Kautabak in die andere Backe und sagte: »Wenn uns der hier wegschleudert, wissen wir nicht, wo wir diesmal landen werden.«

»Stimmt«, sagte Cuchulain und nahm eine seidige Locke zwischen die Zähne, »die Gegend hier kenne ich nicht, und ich weiß auch nicht, wo wir landen würden, ja, ob wir überhaupt je landen würden. Wenn das nicht wäre, würde ich ihn mir mal vornehmen«, und damit drohte er Finaun scherzhaft mit dem Finger. Art kicherte, und Finaun lachte laut heraus, aber Caeltia sah Cuchulain so drohend an, daß der Seraph ihn für den Rest des Tages still und fest anblickte.

Der Friede war wiederhergestellt, und noch während sie sich diesen Frieden durch den Kopf gehen ließen und überlegten, wie ihm Ausdruck zu verleihen sei, tauchte aus einem kleinen, tief zwischen niederen Hügeln liegenden Nebenweg Patsy Mac Cann auf und kam auf sie zu.

30. KAPITEL

Als Mac Cann die Fremden sah, blieb er einen Augenblick stehen und kam dann ganz langsam näher, den Kopf zur Seite gelegt und mit dem Daumen beharrlich sein Kinn schabend.

Er glotzte Brien O'Brien an, und während er glotzte, sträubte sich ihm das Fell wie einem Hund.

»Das ist der Mann«, sagte er, »der mir meine Kleider gestohlen hat.«

O'Brien warf ihm von unten her einen flüchtigen Blick zu, rührte sich aber nicht.

»Setz dich und halt die Schnauze«, sagte er, »oder ich nehm dir das Leben.«

Mac Cann hätte sich auf seinen Feind geworfen, wenn er nicht im gleichen Augenblick Eileen Ni Cooley entdeckt hätte. Ihr Gesicht verdrängte alles andere aus seinem Kopf. Er starrte sie an.

»Du bist's«, sagte er.

»Ja, ich bin's wirklich, Padraig.«

»Ich nehm an, daß du in einer Minute wieder gehst«, sagte er finster.

Er setzte sich ins Gras, und wieder herrschte Frieden. Er saß neben O'Brien, und der Esel dachte noch immer tief nach und berührte ihre Schulterblätter mit den Kniegelenken. Alle schwiegen, solange er sich setzte, denn so wie die Dinge lagen, übernahm nun Mac Cann wieder die Führung, und man wartete darauf, daß er sprach.

O'Brien sah ihn von der Seite an, ein Grinsen um den

Mund. Er ließ ein krächzendes kleines Lachen hören und deckte es dann – wie verlegen – mit der Hand zu, aber Mac Cann beachtete ihn nicht.

Er konzentrierte sich ganz auf Eileen Ni Cooley.

»Du bist eine großartige Frau«, sagte er, »und machst mir wirklich Spaß.«

»Ich bin alles, was du mich nennen willst«, erwiderte Eileen.

»Mit welchem von den Männern gehst du denn diesmal? Oder ziehst du gleich mit zweien herum?«

»Ich will keinen von denen, Padraig, aber ich werde sie nicht los. Sie lassen mich nicht meiner Wege gehn, und seit zwei Tagen und zwei Nächten laufen sie dicht neben mir her, fluchen und schlagen um sich und lärmen bei jedem Schritt.«

»Das also machen sie«, sagte Patsy.

»Ja, Padraig. Dieser O'Brien ist der ärgste, denn der andere Kerl macht nur mit und macht sich aus mir nichts, gar nichts. Eingefangen haben die mich und halten mich fest...«

»Aye«, sagte Patsy.

»Ich kann nicht weg von O'Brien«, sagte sie, »und da dachte ich, wenn ich dich fände...«

»Du hast mich gesucht?«

»Ja, diesmal hab ich dich gesucht, Padraig.«

»Aye«, sagte Patsy und richtete ein finsteres Auge auf Brien O'Brien, und dieses Auge sah aus wie eine kleine harte, steinerne Kugel.

»Von heut an wird man dich in Ruhe lassen«, sagte Patsy.

»Paß bloß auf«, knurrte Brien O'Brien. »Kümmer du dich um dich selbst, du Maulheld, oder du wachst bei den Gespenstern auf!«

Patsy hielt ihn mit starrem Blick fest.

»Gespenstern?« fragte er und wälzte sich plötzlich über O'Brien, packte ihn mit der Linken an der Kehle und stieß mit der festgeballten rechten Faust wütend zu.

Brien O'Briens Kopf war am Boden, seine Fersen in der Luft, doch dann machte er eine kräftige Schlängelbewegung und begann wieder hochzukommen. Seine Hände droschen um sich wie die Flügel einer Windmühle. Kaum stand er, rollten sie sich wieder miteinander am Boden, und nun lag Mac Cann unten, aber Brien O'Briens Kopf hatte den Esel aufgeschreckt, und dieser keilte aus, ohne seine Meditationen zu unterbrechen, und traf mit beiden Hinterhufen gleichzeitig diesen Feind der Gedankenarbeit.

Patsy hatte das Aufleuchten der weißen Hüfchen sekundenlang im Gesichtsfeld, O'Brien von der Sippe der O'Brien aber empfing sie mit voller Wucht gegen die Stirn, und die zerbrach wie eine Eierschale. O'Briens Griff lockerte sich, er sackte zusammen, wurde schlaff und schmiegte sich dann an Patsys Brust. Mac Cann blieb drei Sekunden lang regungslos unter ihm liegen, von ungeheurem Erstaunen übermannt.

Der Esel hatte die Unendlichkeit der Außenwelt wieder mit der Ewigkeit der Innenwelt in Beziehung gebracht, und seine Hüfchen waren so friedlich wie ein sanftes Auge.

Mac Cann wand sich mühsam unter dem gewichtigen Leichnam hervor und kam auf die Füße.

Mary und Eileen saßen beide wie erstarrt, mit durchgedrückten Armen, die Fingerspitzen fest auf den Boden gestützt. Ihre runden Augen waren weit aufgerissen und blinzelten nicht.

Caeltia hatte sich erhoben und ging geduckt auf den ebenso geduckten Cuchulain zu. Patsy sah die Locke wippen, weil sich die Lippen des Seraphs zum Lachen verzogen.

Art verharrte beim Aufstehen auf seinem Knie, Finaun kämmte sich mit den Fingern den Bart und blickte dabei unverwandt auf Eileen Ni Cooley.

Seit Mac Cann sich seitwärts auf Brien O'Brien geworfen hatte, waren nur zwanzig Sekunden vergangen.

Der Seraph Cuchulain lugte unter Caeltias Arm hervor. Er blies die goldene Locke von den Lippen und ließ ein Lachen hören, das wie silberne Glöckchen klang.

»Was wird Rhadamanthus diesmal sagen?« sprach er, wandte sich um und trippelte fröhlich den Weg hinab und davon.

Mac Cann betrachtete die Leiche.

»Den Mann da begraben wir besser«, sagte er finster.

Er holte einen kurzen Spaten aus dem Karren und hob damit am Wegrand eine Grube aus. In diese Grube legten sie Brien O'Brien.

»Wartet noch eine Minute«, sagte Mac Cann. »Es gehört sich nicht, ihn so loszuschicken.«

Er schob die Hand in die Tasche, und als er sie wieder hervorzog, war Geld darin.

»Er sollte schon etwas bei sich haben, wenn er auf eine so weite Reise geht.«

Er hob O'Briens geballte Faust hoch, öffnete sie gewaltsam und steckte ein silbernes Drei-Penny-Stück hinein, drückte dann die bleiche Hand wieder zusammen und faltete sie mit der anderen über O'Briens Brust.

Sie wickelten ihm eine Zeitung um das Gesicht, warfen Erde auf Brien von der Sippe der O'Brien und stampften sie mit den Füßen fest. Als sie ihn verließen, stahl sich schon die abendliche Dämmerung über das Land, und ein heller Stern schien friedlich herab durch die grauen Weiten.

31. KAPITEL

Sie wanderten durch den Abend.

Die Dämmerung war hereingebrochen, und im schläfrigen Halblicht dehnte sich die Welt friedfertig.

Sie waren in flaches Land gekommen, voll von flüsterndem Gras. Es gab keines der Hügelchen mehr, die sich heben, senken und wieder heben. Es gab kaum noch Bäume. Hie und da, in weitem Abstand, schwenkte eine Buche träge ihre Zweige und rauschte leise in der Stille. Hie und da reckte ein steifer Baum sein einsames Grün in die Höhe, und ringsumher dehnte sich ein unermeßlicher Horizont bis ins Unsichtbare.

Hier war Stille, tiefe Stille, und über allem döste die Abenddämmerung, umhüllte alles und wurde immer dichter. Wie langsam sanken die Schleier der Dunkelheit! Die sanfte Weberin zog ihr dünnes Gespinst und ließ weiche Hüllen vom Himmel zur Erde hängen. Für kurze Augenblicke ließen die Sterne ihre winzigen Signale aufblitzen, sammelten ihre hellen Schwärme zu einzelnen Büscheln, und aus einer Wolke wuchs eine dünne Mondsichel und stand als goldenes Zeichen in der Ferne.

Doch die ruhige Schönheit des Himmels und das ruhige Einschlafen der Erde beeindruckten in dieser Nacht keinen unserer Wanderer. Mac Cann fühlte sich unbehaglich. Er war verstimmt und gereizt und ging von Eileen Ni Cooley zu seiner Tochter und wieder zurück zu Eileen Ni Cooley, ohne bei einer von ihnen zufriedener zu werden. Die Engel schritten hinter dem Karren her und sprachen miteinander. Das träge Summen ihrer Stimmen zog den Weg entlang, und aus dem Gemurmel hoben sich die Wörter Gott, Schönheit und Liebe heraus und erfüllten in regelmäßigen Abständen die Luft wie Beschwörungen.

Eileen Ni Cooley trottete links neben dem Esel. Sie kam daher wie ein gesichtsloser Schatten, den Schal verhüllend um das Gesicht gelegt, und ihre Gedanken in ihrem Inneren gingen eigene Wege. Mac Cann und seine Tochter gingen an der rechten Seite des Esels, und er blickte listig und verschlagen auf die Tochter.

Er faßte sie am Ellbogen. »Mary«, flüsterte er, »ich hab mit dir zu reden.«

Sie antwortete wegen seiner Berührung ebenso leise: »Ich hab auch mit dir zu reden.«

»Was willst du denn?«

»Ich will wissen, woher du das Geld hattest, das ich in deiner Hand gesehen hab, als du den Mann begraben hast?«

»Darüber will ich ja mit dir reden«, flüsterte er. »Hör jetzt zu und bleib ja ruhig.«

»Ich höre dir zu«, sagte Mary.

»Was haben wir mit diesen Burschen hinter uns eigentlich zu schaffen?« fragte Patsy eindringlich. »Sie gehen uns nichts an, und ich habe sie satt.«

»Wie kannst du so was sagen«, antwortete sie.

»Was wir machen werden, ist folgendes: heute nacht spannen wir den Esel nicht aus, und wenn sie alle fest schlafen, gehen wir leise auf und davon und lassen sie hier. Eileen Ni Cooley kommt mit, und am Morgen sind wir schon weit.«

»Das mach ich nicht«, sagte Mary.

Er funkelte sie zornig an.

»Du tust, was ich sage, du Trulle, oder es geht dir schlecht«, flüsterte er heftig.

»Ich mach das nicht«, zischte sie, »ich sag dir, ich mach's nicht.«

»Zum Teufel Donnerwetter«, sagte Patsy.

Sie kam ganz nah und flüsterte ebenso heftig: »Was

hast du den Männern getan? Was hast du ihnen getan, daß du von ihnen mitten in der Nacht weglaufen willst?«

»Du hältst den Mund, du –«

»Wo warst du anderthalb Tage lang? Wo hast du das Geld her, das ich in deiner Hand gesehen hab, wie du den Mann begraben hast?«

Patsy beruhigte sich mühsam. Er leckte sich die trokkenen Lippen.

»Dir kann man nichts vormachen, *alannah,* und ich werde dir die Wahrheit sagen.«

Er sah sich vorsichtig nach den anderen um, die in Gespräche vertieft nachkamen.

»Was ich gemacht hab? Ich bin zu dem Ort bei Ard-Martin gegangen, wo ich die Sachen vergraben hatte und hab sie wieder ausgegraben.«

»Oh!« sagte Mary.

»Ich hab sie ausgegraben und mitgenommen und sie einem Mann für Geld verkauft.«

»Oh!« sagte Mary.

»Sie sind verkauft, verstehst du. Da gibt's kein Zurück, also tu heut nacht mit dem Esel, was ich dir sag, und von jetzt ab gehn wir unsren eignen Weg.«

»Das mach ich nicht«, flüsterte Mary. Die Wut machte sie beinahe sprachlos.

Mac Cann drängte sein Gesicht nah an das ihre und grinste wie ein Irrer.

»Du tust es nicht?« fragte er. »Und was willst du machen gegen deinen Vater?«

»Ich zieh mit den Männern weiter bis zu der Stelle«, stammelte sie.

»Du kommst heut nacht mit mir.«

»Ich geh nicht«, sagte sie schroff.

»Du kommst heut nacht mit mir!« sagte er.

»Ich geh nicht!« schrie sie ihn an.

Auf ihren Schrei hin kamen alle angelaufen.

»Ist was passiert?« fragte Art.

»Sie hat nur über 'nen Witz gelacht, den ich ihr erzählt hab«, sagte Patsy. »Bring den Esel auf Trab, Mary *a grah,* der trottelt daher, als ob er einschlafen wollte.«

Caeltia sah Mac Cann so unverwandt und mit so strengem Ernst an, daß ihm die Knie weich wurden und er sich kaum noch aufrechthalten konnte. Zum ersten Mal in seinem Leben erfuhr Mac Cann, was Angst war.

»Morgen«, sagte Caeltia, »werden wir euch verlassen. Also wollen wir in unserer letzten gemeinsamen Nacht friedlich sein.«

»Aye«, sagte Patsy, »gerade in dieser Nacht wollen wir's uns behaglich machen.«

Er wandte sich ab und schritt in dem angestrengten Versuch, unbekümmert zu erscheinen, nach vorn zum Kopf des Esels.

»Los, Mary«, sagte er.

Einen Augenblick ging Eileen Ni Cooley neben ihm her. »Was ist denn los mit dir, Padraig?« fragte sie.

»Gar nichts. Eileen, laß mich nur eine Minute allein, ich muß mit dem Mädchen reden.«

»Auf mich kannst du in allem zählen, Padraig.«

»Ich weiß nicht, ob ich das kann oder nicht«, murmelte er bärbeißig. »Jetzt sei um Gottes willen zehn Minuten still.«

Ein paar dumpfe Sekunden lang schritten alle schweigend dahin. Patsy fuhr sich mit der Zunge über die Lippen.

»Was wirst du machen, Mary?«

»Ich weiß es nicht«, antwortete sie. »Was für einem Mann hast du die Sachen verkauft?«

»Ich hab sie einem Mann verkauft, der in der Nähe wohnt, einem reichen Mann in einem großen Haus.«

»Hier herum gibt es nur ein großes Haus.«

»Ja, und das ist es.«

Sie schwieg.

»Wenn du vorhast, den Männern was zu sagen«, erklärte ihr Vater, »gib mir heut nacht zwei Stunden Vorsprung, bis ich weg bin. Dann kannst du's ihnen sagen, und der Teufel hol dich dafür.«

»Hör mir mal zu«, sagte das Mädchen.

»Ich höre.«

»Man kann nur eins tun und das sofort: geh zum Haus dieses Reichen, hol die Sachen aus dem Haus wieder raus und vergrab sie an dem Ort, wo sie vergraben waren. Wenn du Hilfe brauchst, geh ich mit.«

Mac Canns Daumen wanderte über sein Kinn, und als er es rieb, hörte man einen Ton wie das Raspeln einer Feile. Seine Stimme klang ganz verändert, als er antwortete: »Donner und Doria.« Und dann: »Du machst mir Spaß.« Dann bedeckte er gedankenvoll den Mund mit der Hand und blickte den Weg hinunter.

»Wirst du das tun?« fragte Mary.

Er legte ihr eine schwere Hand auf die Schulter. »Das will ich, und es wundert mich, daß ich nicht selber drauf gekommen bin, denn genau das muß gemacht werden.«

Als sie weiterzogen, hatte sich die Atmosphäre verändert: es herrschte wieder Friede oder doch dessen Vorbote. Von Mac Cann strahlte wie vorher eine gedämpfte Zufriedenheit aus: er blickte ohne Argwohn ringsum und mit der ihm eigenen zynischen Freundlichkeit seine Tochter an. So wanderten sie eine Weile und ordneten ihre Gedanken.

Dann sagte Mac Cann: »Wir sind jetzt nah genug bei dem Haus, um weit genug weg zu sein, falls einer Grund hätte, weit weg sein zu wollen. Drum sag ich, wir wollen hier übernachten und morgen früh weiterziehen.«

»Sehr gut«, meinte Mary. »Bleiben wir hier.«

Ihr Vater zog den Esel an den Straßenrand und brachte ihn zum Stehen.

»Wir gehen jetzt schlafen«, rief er den anderen zu, und alle waren einverstanden.

»Ich schirr nun das Tier ab«, sagte Mary mit festem Blick auf ihren Vater, der munter erwiderte: »Warum auch nicht? Laß es frei grasen, damit es was zu essen kriegt wie wir auch.«

»Hier ist nirgends Wasser«, beklagte er sich eine Minute darauf. »Was soll das Vieh machen? Und was wir selber?«

»Ich habe zwei große Flaschen im Karren«, sagte Mary.

»Und ich eine kleine Flasche in der Tasche«, sagte er, »alles ist in Ordnung.«

Der Esel wurde abgeschirrt und trat sofort mit den Füßen ins nasse Gras. So blieb er lange stehen, ohne zu fressen, doch als es ihm in den Sinn kam, fraß er drauflos.

Das Feuer wurde angemacht, Säcke wurden auf den Boden gebreitet, man setzte sich in der gewohnten Ordnung und aß. Als man geraucht und sich noch etwas unterhalten hatte, legten sich alle hin, deckten sich mit weiteren Säcken zu und schliefen fest ein.

»Morgen werden wir früh aufstehen müssen«, war Patsys letzte Bemerkung, »denn ihr werdet es eilig haben, eure Sachen wiederzukriegen.« Mit diesen Worten streckte er sich der Länge nach aus, wie alle anderen auch.

Als eine schweigende Stunde verflossen war, erhob Mary sich behutsam und ging auf Zehenspitzen zu ihrem Vater. Als sie neben ihm stand, schlug er die Säcke beiseite, kam auf die Füße, und sie gingen ein Stückchen den Weg hinunter.

»Jetzt«, sagte Mary, »kannst du das tun, von dem du gesagt hast, daß du es tun wirst.«

»Tu ich ja«, sagte er.

»Und komm wieder, so schnell du kannst.«

»Es ist ein ganzes Stück bis dahin und wieder zurück. Ich werde morgens zurück sein, aber nicht pünktlich.«

»Und vergrab die Sachen so wie sie vorher waren.«

»Schon gut.« Er trat einen Schritt rückwärts.

»Vater!« sagte Mary sanft.

Er kam noch einmal zurück.

»Was willst du denn noch?« fragte er ungeduldig. Da schlang sie ihm die Arme um den Hals.

»Was zum Kuckuck machst du?« fragte er verblüfft und suchte sich loszumachen.

Aber sie sagte nichts weiter, und eine Sekunde später legte er knurrend ebenfalls die Arme um sie und drückte sie an sich. »Ich muß weg«, sagte er und verschwand in der Dunkelheit. Eine halbe Minute lang hörte man noch das Geräusch seiner Schritte, dann hatte die Finsternis ihn verschlungen.

Mary kehrte an ihren Platz beim Feuer zurück. Sie streckte sich dicht neben Eileen Ni Cooley aus und blickte hinauf zu den ziehenden Wolken.

Nach wenigen Minuten schlief sie, obwohl sie keinerlei Schwere auf ihren Lidern gespürt hatte.

32. KAPITEL

Keiner war wach.

Im Torffeuer glomm es schwach unter der weißen Asche, die Erde schien den Atem anzuhalten, so still war es. Die Wolken hingen alle regungslos an ihrem Platz. Ein einsamer Baum in der Nähe hatte die breit ausladenden Äste in die Dunkelheit gespreizt und gab keinen Laut von sich.

Nichts rührte sich auf der Welt außer dem Esel, der langsam den Kopf hob und wieder sinken ließ. Seine Füße waren in ein Stück Grasland eingesunken, und er war so schweigsam wie die Erde.

Da kam ich ganz leise und sprach ihn im Dunkeln an.

»Kleiner Esel«, fragte ich, »wie geht's dir denn?«

»Mir geht's gut«, antwortete der Esel.

»Kleiner Esel«, sprach ich, »sag mir, woran du denkst, wenn du deine Augen ins Leere richtest und lange darauf hinschaust.«

»Ich denke«, sagte der Esel, »an meine Gefährten, und manchmal sehe ich sie.«

»Wer sind deine Gefährten?«

»Heut nacht sah ich die Zyklopen über den Hügel schreiten, es waren vierzig an der Zahl, und jeder Mann war vierzig Fuß hoch, sie hatten nur ein Auge im Kopf, und durch das schauten sie, schauten hindurch, wie ein Feuer durch ein Loch flackert, und sie konnten gut sehen.«

»Woher weißt du, daß sie gut sehen konnten?«

»Einer von ihnen sah mich und rief den anderen etwas zu, sie blieben nicht stehen, aber er wartete einen Augenblick. Er nahm mich in die Arme und streichelte meinen Kopf, dann ließ er mich wieder zu Boden und ging fort und war mit zehn großen Schritten jenseits des Berges.«

»Ein schöner Anblick!«

»Ja, es war ein schöner Anblick.«

»Erzähl mir, was du noch gesehen hast.«

»Ich sah sieben Mädchen auf einer Wiese, die miteinander spielten. Wenn sie müde waren vom Spielen, legten sie sich ins Gras und schliefen ein. Ich kam näher und legte mich daneben ins Gras und betrachtete sie lange, aber als sie erwachten, lösten sie sich in Luft auf und waren fort, wie Rauchwölkchen. Ich sah das Heer der Elfen durch ein Tal in den Hügeln ziehen, über ihren Köpfen flogen seidene Fahnen, einige trugen lange Schwerter in den Händen und andere Musikinstrumente, und wieder andere einen goldenen Apfel und wieder andere silberne Lilien und Kelche aus schwerem Silber. Sie waren schön und stolz und marschierten beherzt, sie marschierten drei muntere Stunden lang an mir vorüber, während ich am Abhang eines Hügels stand.

Ich sah drei Zentauren aus dem Wald reiten, die jagten sich rings um mich herum, riefen und winkten. Einer von ihnen stützte die Ellbogen auf meinen Rücken, und sie sprachen von einem Ort mitten im Wald, sie bewarfen mich mit Grasbüscheln, dann liefen sie auf einem schmalen Pfad in den Wald hinein und ritten davon.

Ich sah eine Herde wilder Esel in der Ebene, um sie her krochen Männer im hohen Gras, aber plötzlich setzten die Esel sich in Trab und töteten die Männer mit ihren Hufen und Zähnen. Ich galoppierte die halbe Nacht in ihrer Mitte, aber ich dachte an Mary Ni Cahan, und bei dem Gedanken an sie wandte ich mich ab von all meinen Gefährten und galoppierte wieder heim.«

»Das alles waren erfreuliche Augenblicke.«

»Ja, alle erfreulich.«

»Leb wohl, Eselchen«, sagte ich.

»Leb wohl, du«, sagte er.

Er streckte sich ins Gras und schloß die Augen, ich aber wandte mich um und kauerte neben dem Ofen und sah mir die Menschen an, die da schliefen, und blickte immer wieder hinaus in die Dunkelheit, ob sich dort etwas rührte, bis das Tageslicht kam.

33. KAPITEL

Mac Cann schritt ein Weilchen durch die Dunkelheit, und als er genügend weit vom Lager entfernt war, begann er zu laufen. Er hatte nicht viel Zeit, um all das zu tun, was er sich vorgenommen hatte, ehe der Morgen graute; darum wählte er diese Art der Fortbewegung, die er wenig schätzte. Er war ein schwerer Mann und sein Lauf weder leicht noch gewandt, aber er vermochte immerhin in einen schwerfälligen Trab zu verfallen, und seine körperliche Kondition war so ausgezeichnet, daß er diesen Trab beibehalten konnte, bis der Hunger ihm Halt gebot; denn erschöpft war er nie, er war stark und unermüdlich wie ein Bär. Er war ein einfältiger Mensch. Beschäftigte ihn etwas, konnte er sich um sonst nichts kümmern, und da er nun trabte, konnte er nur dies eine: traben. Zum Beispiel nicht denken. War Nachdenken vonnöten, so ging er entweder ganz langsam, oder er blieb regungslos stehen, dann dachte er sehr geschwind und simpel. Sein Kopf befahl den Beinen, solange stillzuhalten, wie er beschäftigt war. Solange seine Beine in Bewegung waren, befahlen sie dem Kopf Ruhe, der augenblicks gehorchte; er war so gut organisiert, daß seine Extremitäten nie in Streit gerieten.

So war es ein Mann mit ganz leerem Kopf, der da die Straße entlangtrottete. Mit der Gefahr befaßte er sich erst, wenn sie sichtbar war, bis dahin aber schnippte er nur mit den Fingern und vergaß sie. Denn er hatte gelernt, daß die erste Botschaft einer Gefahr eine Warnung ist, die zweite ein Hinweis auf mögliche Flucht und die dritte bereits Aktion, und darauf wartete nur ein Narr.

Was er im einzelnen unternehmen würde, wenn er bei dem Haus ankam, wußte er nicht und strengte sich auch noch nicht an, dieses Problem zu lösen; er gehorchte der nächstliegenden logischen Notwendigkeit, nämlich dorthin zu gelangen. War er erst einmal da, würde sich der zweite Schritt ihm aufdrängen und daraus die ordnungsgemäße Lösung folgen. Gab es keine Zwischenfälle, so würde ihm das Unternehmen glücken, gab es welche, würde er fliehen: so einfach war sein Programm.

Bis dahin bestand die Welt nur aus Dunkelheit und dem rhythmischen Aufsetzen seiner Füße. Beides nahm, zusammen mit dem leisen Windesrauschen, seine Ohren voll in Anspruch. Er besaß viel von der Fähigkeit einer Katze, im Dunkeln zu sehen, und außerdem den Ortssinn, den manche Vögel haben, daher kam er gut voran.

Nach einer halben Stunde gleichmäßigem Trab gelangte er zu dem gesuchten Haus und machte Halt.

Es war ein langgestrecktes, niedriges Gebäude, das nicht direkt an der Straße lag, umgeben von einer Steinmauer. Der Eingang war ein eisernes Tor.

Mac Cann drückte gegen das Tor, denn die Erfahrung hatte ihn gelehrt, daß Tore nicht immer verschlossen sind, doch dieses war fest verschlossen. Neben dem Tor stand ein Pförtnerhäuschen, weshalb er die Stelle leise verließ und die Mauer entlangging. Auf der Mauerkrönung waren Glasscherben, was ihn einige Augenblicke aufhielt, um seine unvorsichtige Hand auszusaugen. Um das Hindernis zu überwinden, trug er mehrere große Steine zusammen und legte sie übereinander, dann stellte er sich darauf, warf Rock und Weste über das Glas und überkletterte es mit Leichtigkeit.

Er geriet in Gebüsch. Alle paar Schritte umgaben ihn gedrungene, steife Sträucher, einige dornenbesetzt; diese taten ihre Pflicht an seinen Händen und Hosenbeinen. Er aber blickte mit einer Gleichgültigkeit über sie hinweg, die sie empört haben würde. Auf Zehenspitzen schlich er zwischen diesen Wächtern vorwärts und war bald frei von ihnen und auf einem Kiesweg. Ihn überquerend kam er zu stillen Blumenbeeten, die er umrundete: nun war das Haus bereits als dunkle Masse in einigen hundert Metern Entfernung zu erkennen. Bis auf ein Fenster lag es vollkommen dunkel da, und zu diesem Fenster lenkte er jetzt seine behutsamen Schritte.

»Es ist besser, man sieht was, als man sieht nichts«, sagte er sich. Wieder war er auf einem Kiesweg, und die Kiesel versuchten, unter seinen Füßen zu rutschen und zu knirschen, doch das ließ er nicht zu.

Dann erreichte er das Fenster und lugte ganz von der Seite her hinein.

Er sah einen quadratischen, als Bibliothek möblierten Raum. Der Teil der Wände, den er erkennen konnte, war vom Boden bis zur Decke voller Bücher. Es gab Bücher jeder Größe, jeder Form, ja sogar jeder Farbe. Es gab hohe schmale Bücher in Habachtstellung wie die Grenadiere. Es gab kurze dicke Bücher, die fest dastanden wie die Ratsherren, die gleich eine Rede halten werden und verlegen sind, aber sich nicht fürchten. Es gab ganz gewöhnliche Bücher von der Unbekümmertheit jener Leute, die niemanden anschauen und infolgedessen keine Scheu empfinden. Es gab feierliche Bücher, die nach ihren Brillen zu tasten schienen, und es gab zerlumpte, wichtige Bücher, die schmuddelig geworden waren, weil sie Tabak schnupften, und zerfetzt waren, weil sie in der Liebe Schiffbruch erlitten und später nicht mehr geheiratet hatten. Es gab spröde, altertümliche Bände, die sich sicherlich ihrer Heroinen schämten und gänzlich unfähig waren, sich von diesen Hürchen scheiden zu lassen. Es gab magere, flotte Bände, die lässig, vielleicht sogar mit gekünstelter Grazie an ihren Nachbarn lehnten und in affektiertem Ton murmelten: »Wir finden unsere Heroinen entzückend.«

In der Mitte des Raumes stand ein schwerer schwarzer Tisch, und auf dessen glänzend polierte Platte fiel aus Kugellampen an der Decke ein gelbes Licht.

An diesem Tisch saß ein Mann und blickte auf seine Hände nieder. Er war ungefähr dreißig, ein großer, schlanker Mann mit magerem Gesicht und – so meinte Patsy – von beängstigender Sauberkeit. Einer Sauberkeit, die einen schauern ließ. Er war bis zum äußersten glatt rasiert und bis zum äußersten gewaschen. Wasser und Seife hatten ihr Möglichstes an ihm vollbracht und konnten keinen weiteren Ehrgeiz mehr haben. Seine Manschetten leuchteten wie Schnee auf einem Baum, und sein Kragen stieg aus einem schwarzen Rock so makellos wie das Gefieder eines Schwans aus dem Wasser.

Der Anblick all dieser Sauberkeit hätte jedem Vagabunden Angst eingejagt. Mac Cann aber ärgerte sich nur darüber, denn er kannte keine Angst außer der vor dem Hunger.

»Dir würde ich gern eins überziehen, du dreckiger Hund«, sagte Patsy, heftig gegen die Ecke des Fensterbretts atmend, und die Wahl seines Adjektivs zeigte auf einzigartige Weise, wie seltsam Gegensätze sich berühren können.

Das also war der Mann, dem er die Gewänder seiner Gefährten verkauft hatte: es war in der Tat ein unfeines Geschäft, das richtigzustellen die Sauberkeit des Käufers ihn noch bestärkte.

In eben diesem Raum hatte damals der Handel stattgefunden. Wenn er den Hals etwas reckte, konnte er eine eichene Sitzbank sehen, darauf lagen seine Säcke mit aufgerissenen Mäulern, und die schimmernden Gewänder quollen daraus hervor.

Noch während er schaute, nahm der Mann die Finger von den Augen und steckte sie in die Tasche; dann erhob er sich ganz langsam und schritt nachdenklich zum Fenster.

Mac Cann duckte sich sofort unter das Fenstersims. Er hörte, wie das Fenster geöffnet wurde und wußte, daß der Mann sich nun mit den Ellbogen auf die Fensterbank stützte, während er in die Dunkelheit hinaussah.

»Donner und Doria«, sagte sich Patsy und drückte sich flach an die Mauer.

Nach einer Weile, die ihm länger vorkam, als sie gedauert haben konnte, hörte er den Mann sich entfernen, schoß hoch und äugte wieder durchs Fenster.

Der Mann hatte die dem Fenster gegenüberliegende Tür geöffnet und war dabei stehengeblieben. Er hatte die Hände auf dem Rücken gefaltet, sein Kopf war vornüber gesunken, er schien seine Füße zu betrachten, wie es die Gewohnheit vieler Männer beim Denken ist, denn wenn die Augen die Füße berühren, entsteht doch offenbar ein Kreislauf, und der ganze Körper kann bequem nachdenken.

Plötzlich trat der Mann in einen dunklen Gang hinaus und verschwand. Mac Cann hörte ungefähr zehn Schritte auf festem Boden, dann das Öffnen und Schließen einer Tür und dann nur mehr das Rascheln und Schabern der eigenen Kleider und das Geräusch, das seine Nase beim Ausatmen machte. Er trug einen Ledergurt um die Taille, und der knarrte so, daß man meinen konnte, er sei aus Donnergrollen gewoben. Es herrschte eine große Stille. Das erleuchtete Zimmer war zugleich einladend und beängstigend, denn es war noch stiller als die Welt draußen. Die Lampenkugeln glotzten auf das Fenster wie die Augen eines irren Fisches, und man konnte sich vorstellen, daß der Raum unsichtbare Ohren spitzte und zum Fenster hin lauschte, und man konnte sich auch vorstellen, daß dieser Raum wimmern und quietschen würde, wenn jemand ihn von anderswoher betrat als durch die Tür und in ihm stehenblieb.

Mac Cann stellte sich nichts von alledem vor. Er spuckte in die Hände und war im Nu durchs Fenster. Mit drei langen, hastigen Schritten war er bei den Säcken und hatte sie eben gepackt, als er eine Tür gehen und erneute Schritte auf festem Boden hörte.

»Drin bin ich nun«, sagte er giftig, »und raus geh ich nicht wieder.«

Seine Augen sahen sich blitzschnell um: es gab kein Versteck. Er stieg über die Eichentruhe hinweg und kauerte sich dahinter zusammen. Hinter ihm befanden sich vom Boden an Bücher, vor ihm die große Truhe und auf ihr die beiden bauchigen Säcke. Er war gut abgeschirmt und konnte zwischen den Säcken hindurchspähen. Er starrte auf die Tür.

Der saubere Mann kam herein und trat beiseite. Ihm folgte eine Frau, die womöglich noch gründlicher gewaschen war als er. Obwohl sie groß war, wirkte sie so leicht wie eine Feder. Sie trug ein zartrosa Kleid von solcher Spinnwebdünne, daß es bei jeder ihrer Bewegungen hochflatterte und in der Luft schwebte. Um ihre nackten Schultern lag ein Batistschleier, der ebenfalls segelte und wogte, wenn sie sich bewegte. Ihr Haar schien aus feinstem gesponnenem Gold, leicht wie Distelflaum, und auch dieses Haar wehte und schwebte in kleinen Strähnen und Locken.

Diese beiden setzten sich einander gegenüber an den Tisch und sprachen eine Zeitlang nicht miteinander. Dann hob der Mann den Kopf: »Ich habe heute morgen einen Brief von deiner Mutter bekommen«, sagte er leise.

Die Frau antwortete mit ebenso leiser Stimme: »Ich wußte nicht, daß du mit ihr korrespondierst.«

Der Mann machte eine leichte Handbewegung: »Und

ich wußte nicht, daß dein Briefwechsel so eigentümlich ist, wie ich ihn fand.«

Die Frau sagte kalt: »Fängst du wieder damit an?«

»Ja, ich muß: deine Mutter bestätigt alles, was ich dir vorgeworfen habe.«

»Meine Mutter haßt mich«, sagte die Frau, »sie würde alles bestätigen, was mir nachgesagt wird, wenn es nur schlecht genug ist.«

»Sie ist deine Mutter.«

»O nein, das ist sie nicht! Als ich aufhörte, ein Kind zu sein, hörte sie auf, eine Mutter zu sein. Wir sind nur mehr zwei Frauen, die sich so gut kennen, daß wir Feinde sein können, ohne uns voreinander zu genieren.«

»Redest du nicht Unsinn?«

»Ich habe ein Verbrechen gegen sie begangen. Nie wird sie mir verzeihen, daß ich jünger bin als sie und auf ihre Art hübsch. Sie hat meinen Vater verlassen, weil er gesagt hat, ich sähe gut aus.«

»Alles das...« sagte der Mann schulterzuckend.

»Und was alles sie gegen mich unternimmt, solltest du recht genau wissen nach dem, was sie dir erzählt hat, ehe wir heirateten.«

»Du hast zugegeben, daß nicht alles gelogen war.«

»Einige Dinge stimmten, aber was sie hineinlegte, war durchweg falsch. So etwas sagt eine liebende Mutter über ihre Tochter! Aber das ist jetzt abgetan, so dachte ich wenigstens.«

»Man vergißt eine alte Sache, bis eine neue sie einem wieder ins Gedächtnis ruft«, sagte er.

Auch sie hob jetzt leicht die Schultern: »Dieses Gespräch fängt an mich zu langweilen.«

»Das verstehe ich... Deine Mutter hat einige Briefe von ihren Freunden eingelegt. Sie bestätigen die Tatsachen und fügen andere hinzu.«

»Sind es Briefe oder Kopien von Briefen?«

»Es sind Kopien.«

»Natürlich hat meine Mutter dir verboten zu verraten, daß sie Privatbriefe ihrer Freunde an dich weitergegeben hat, oder?«

»Natürlich.«

»Sehr natürlich, weil sie nämlich die Briefe an sich selbst gerichtet hat. Zu diesen Kopien gibt es keine Originale.«

»Du redest wieder Unsinn.«

»Ich kenne sie besser als du, besser als sie sich selber kennt.«

Wieder herrschte kurze Zeit Schweigen zwischen ihnen, und wieder war es der Mann, der es brach.

»Es gibt Dinge, die ich nicht tun kann«, sagte er und hielt inne. »Ich kann nicht an unsauberen Orten nach unsauberen Informationen suchen«, fuhr er fort, und wieder herrschte Schweigen zwischen den beiden Menschen.

Sie konnte dieses Schweigen ertragen, er aber nicht.

»Du sagst ja gar nichts«, stellte er fest.

»Das Ganze scheint mir ausschließlich deine Sache«, war die ruhige Antwort.

Er machte eine Handbewegung.

»So leicht kannst du dich nicht von mir scheiden lassen. Es geht uns beide an, und wir müssen es zwischen uns regeln.«

Ihre Hand lag auf dem Tisch, und plötzlich griff er hinüber und legte die seine darauf. Sie zog sie nicht zurück, aber die Art, wie ihr ganzer Körper sich versteifte, war mehr als ein Zurückziehen. Er nahm seine Hand wieder fort.

»Wir sind vernünftige Menschen und müssen unsere Probleme diskutieren«, sagte er freundlich. »Wir müssen uns sogar gegenseitig helfen, sie zu lösen.«

»Ich habe diese Probleme nicht geschaffen.«

»Das hast du doch, und du belügst mich schamlos.«

Wieder senkte sich zwischen diese beiden ein Schweigen, das tief, aber nicht still war. Seine Lautlosigkeit summte von Lauten, Schreie waren darin, es war fürchterlich und beklemmend. Der Mann hatte die Hand an die Stirn gepreßt und die Augen geschlossen, was er jedoch sah, war nur ihm in der Stille seines Inneren bekannt. Die Frau saß auf Armeslänge von ihm entfernt, und obwohl ihre Augen weit geöffnet und ruhig waren, betrachtete auch sie das, was in ihrem Inneren frei und für sie deutlich sichtbar war.

»Es gibt Dinge, die ich nicht tun kann«, sagte der Mann, wie mit einem Ruck aus unterirdischen Höhlen und Geheimlandschaften auftauchend, mit ruhiger, aber klangloser Stimme.

»Ich habe mich bemüht, eine Lebensregel für mich aufzustellen und sie zu befolgen, aber nie versucht, meine Gesetze anderen aufzuzwingen und ganz gewiß nicht dir. Aber wir haben Grundpflichten gegeneinander, die keiner von uns außer acht lassen kann. Es gibt eine persönliche, ich könnte auch sagen häusliche Treue, die von jedem von uns erwartet wird.«

»Ich erwarte nichts«, sagte sie.

»Und ich verlange nichts«, sagte der Mann, »aber das erwarte ich. Ich erwarte es, wie ich von meinen Lungen Luft erwarte und unter meinen Füßen festen Boden. Das darfst du mir nicht entziehen. Du bist nicht der Einzelfall, für den du dich hältst, du bist ein Mitglied der Gesellschaft und lebst von ihr. Du bist ein Mitglied meines Haushalts und lebst von ihm.«

Sie wandte ihm das Gesicht zu, aber nicht die Augen.

»Ich verlange nichts von dir«, sagte sie, »und habe so wenig angenommen wie nur möglich.«

Er ballte die Hand auf dem Tisch zur Faust, doch als er sprach, war seine Stimme ohne Nachdruck. »Das gehört mit zu meinem Vorwurf gegen dich. Leben heißt geben und nehmen, ohne das Gegebene abzuwägen. Du willst keins von beiden tun, und doch sind unsere Lebensumstände so, daß wir uns einander anpassen müssen, ob wir wollen oder nicht. Ich bin ein methodischer Mensch«, fuhr er fort, »das findest du vielleicht lästig, aber ich kann nicht in Ungewißheit leben. Was auch immer geschieht, um mein Selbstbewußtsein zu stützen oder zu untergraben, ich muß es wissen. Das ist ein Gesetz meines Wesens, etwas von den Ahnen Ererbtes, über das ich keine Gewalt habe.«

»Auch ich«, sagte sie kalt, »bin ein Erbe von Generationen und muß hinnehmen, was sie mir vererbten, ob es mir nun gefällt oder nicht.«

»Ich liebe dich«, sagte der Mann, »und habe das bei vielen Gelegenheiten bewiesen. Ich bin kein überschwenglicher Mensch und gebrauche solche Ausdrücke ungern. Vielleicht ist diese Äußerungsscheu an mehr schuld, als einem von uns bewußt ist in dieser rede- und gestenbeflissenen Welt, aber ich sage diese Worte jetzt in aller Aufrichtigkeit und mit einem Ernst, den du möglicherweise widerwärtig findest. Aber sei wenigstens ehrlich mit mir, so grausam du sein magst. Ich kann mit dem Halbwissen, das man Eifersucht nennt, nicht leben. Sie zerreißt mir das Herz. Sie macht mich unfähig zu denken, zu leben, zu schlafen, ja sogar zu sterben. Ich muß Bescheid wissen, oder ich werde zum Irren, zum wilden Tier, das sich selber beißt, weil es den Feind nicht erreichen kann.«

Die Zunge der Frau glitt mit einem roten Aufleuchten über ihre blassen Lippen.

»Hast du mir etwas zu sagen?« fragte er.

Es kam keine Antwort.

»Sind die Behauptungen im Brief deiner Mutter wahr?« beharrte er.

»Der Brief meiner Mutter!« sagte sie.

Wieder summte und sauste die Stille zwischen den beiden, und wieder zogen sie sich in Geheimwinkel ihrer Seelen zurück, wo ihnen alle Kraft ausgesogen wurde, bis sie nur mehr stumpfsinnig vegetierten. Die Frau erhob sich aus ihrem Stuhl, und einen Augenblick später erhob sich auch der Mann.

Er sagte: »Ich reise morgen früh.«

»Du wirst mich doch den Jungen sehen lassen«, murmelte sie.

»Wenn«, sagte er, »ich je erfahre, daß du mit dem Jungen gesprochen hast, bringe ich dich um und den Jungen auch.«

Die Frau ging hinaus, und ihre Füße gingen mit leichtem Tritt den Korridor entlang. Der Mann drehte die Lichter in den gelben Kugeln aus und trat zur Tür. Seine Schritte verklangen in der Dunkelheit – aber in einer anderen Richtung.

Mac Cann richtete sich auf.

»Donner und Doria«, sagte er und streckte seine verkrampften Knie. Um ihn herrschte tiefe Finsternis und tiefe Stille, und die Luft des Raumes war unangenehmer als alles, was er je geatmet hatte. Doch er hatte Nerven wie ein Bär und hielt sich resolut an die eigenen Angelegenheiten, daher beunruhigte ihn die Erregung anderer nur ganz kurz. Trotzdem mochte er den Raum nicht und beeilte sich, ihn zu verlassen.

Er packte die Säcke, trat vorsichtig ans Fenster und ließ sie nach draußen fallen. Dann kletterte er durch die Fensteröffnung und hob sie wieder auf. Fünf Minuten später war er auf der Straße. Einige Dutzend Meter trat er auf wie eine große Katze, bis er das Pförtnerhäuschen weit hinter sich gelassen hatte. Dann setzte er sich, die Säcke über den Schultern, in einen Dauertrab, den er ungefähr drei Stunden lang beibehielt.

34. KAPITEL

Mary erwachte früh.

Der Morgen war grau, der Himmel flach und hart, mit vereinzelten dünnen Furchen, die seine dichten Felder begrenzten.

Sie hob den Kopf und schaute hinüber zum Platz ihres Vaters, aber er war nicht da. Die Säcke, mit denen er sich zum Schlafen zudeckte, lagen zerknüllt am Boden.

Finaun lag in voller Länge ausgestreckt, so gerade wie ein Stock. Caeltia hatte sich etwas gekrümmt hingelegt und eine Hand über den Kopf geworfen. Art war zu einem Knäuel zusammengerollt, seine Hände umfaßten die Knie, die Säcke hatte er weggestrampelt. Eileen Ni Cooley hatte beide Arme unter dem Gesicht und lag auf dem Bauch, das Haar flutete ihr vom Kopf ins stumpfe Gras. Als sich Mary wieder zurücklegte – zum Aufstehen war es noch zu früh –, kam ihr ein Gedanke, und sie erhob sich aufs neue. Sie dachte, ihr Vater sei vielleicht nachts leise gekommen und habe Karren und Esel entführt. Dieser Gedanke ließ sie vor Angst tief Luft holen.

Sie lief den Weg hinunter und erblickte den Karren mit den in die Luft ragenden Holmen und etwas weiter weg den Esel, der auf der Seite lag. Sie kam auf Zehenspitzen zurück, lächelte fröhlich in sich hinein, breitete dann unendlich behutsam die Säcke über Arts Körper und legte sich wieder schlafen. Sie weckte das Lager nicht, denn sie wollte ihrem Vater ausreichend Zeit lassen, unbemerkt zurückzukehren.

Doch während sie schlief, öffnete der Himmel seine verschlossenen Tore, große Wolkengaleonen segelten nach Westen und entlasteten, Flotte um Flotte, die überfüllten Häfen. Die schwarzen Wolkenmassen rollten über den Himmel. Sie wuchsen zusammen, berührten sich, schwenkten auseinander und glitten davon mit gewichtiger Eile, als liefe eine Armada aus einem schmalen Kanal aus, fülle träge ihre knatternden Segel, indes die schlanken Spieren in der Brise dichtgeholt werden. Die Wachen stehen auf ihren Posten und hängen die Fender über die glatten Seiten, die Fahrzeuge berühren einander fast, die Schiffer rufen, während sie sich schwer auf die eichenen Bootshaken lehnen, dann schwojen die Schiffe, die riesigen Buge weichen auseinander, das Wasser schäumt zwischen ihnen, und laute Abschiedsrufe verklingen über den Wellen.

Und nun war der Himmel eine helle See voller Inseln, sie schrumpften, zerbröckelten und trieben auf und davon, waren keine Inseln mehr, vielmehr eine Unmenge Federn, Flocken und dunstiger Girlanden, die hastig dahinflogen, denn die Sonne hatte ihr heiteres Auge auf den Himmel gerichtet, blickte hinab in die grauen Räume, und vor ihrem Blick ballten sich die Nebel und verschwanden in lieblicher Hast, die dunklen Zwischenräume wurden weiß, die dunkelblauen hellblau, und Erde und Himmel funkelten und schimmerten unter ihrem leuchtenden Strahl.

Das Lager erwachte noch vor Mary, und wieder wurde die Frage laut, wo denn ihr Vater sei.

»Er wird bald kommen«, sagte Mary, »er muß den Weg weitergegangen sein, um nachzusehen, ob er etwas zu essen für uns findet.«

Sie zögerte die Bereitung des Frühstücks bis zum letztmöglichen Augenblick hinaus. Absichtlich vergoß sie einen Topf kochendes Wasser und stieß, als das Wasser erneut kochte, den ganzen Torfofen um.

Eben wollten sie sich zum Essen setzen, als Mac Cann auftauchte, und sie verschob die Mahlzeit, bis er bei ihnen war: den Hut ganz nach hinten geschoben, das heiterste Lächeln auf dem Gesicht und ein in Zeitungspapier gewickeltes Bündel in der Hand.

Mary warf ihm rasch einen bedeutsamen Blick zu.

»Hast du was zum Frühstück gefunden?« fragte sie und staunte dann.

»O ja, hab ich«, antwortete er und reichte ihr das umfangreiche Paket.

Sie benutzte die Gelegenheit, ihm zuzuflüstern: »Na?«

»In Ordnung«, sagte er mit einer Kopfbewegung zu dem Bündel hin, beantwortete aber in Wahrheit ihre Frage.

Sie öffnete das Paket. Es enthielt Speckscheiben, Fleischscheiben, zehn Würstchen und die größere Hälfte eines Brotlaibes. Aus alledem bestand das Paket, und dabei war auch noch eine flache Flasche Rum und zwei Strümpfe.

»Brat die Würstchen in der Pfanne und verteil sie, und dann wollen wir sie essen.«

Mary legte sie in die Pfanne, und als sie gebraten waren, wurden sie verteilt und mit Stumpf und Stiel gegessen.

Nach dem Frühstück wurden die Pfeifen angezündet, doch man erhob sich sehr bald, um die Wanderschaft fortzusetzen.

»Heute abend«, sagte Finaun, »heißt es Abschied nehmen.«

»Aye«, sagte Mac Cann. »Es tut mir leid, daß ihr geht, wir hatten eine gute Zeit miteinander.«

Der Esel bekam seine Anweisungen, und sie zogen hinunter zur Straße. Auch jetzt waren sie so verteilt, wie sie es immer gewesen waren: Finaun und Eileen Ni Cooley und Mary Mac Cann gingen mit dem Esel, und in dieser Gruppe fehlte es nicht an Unterhaltung, denn manchmal sprachen sie miteinander und manchmal mit dem Esel, aber der hörte zu, ganz gleich, an wen das Wort gerichtet war, und keiner hatte etwas dagegen.

Patsy und Caeltia marschierten rüstig hinter dem Rückbrett und unterhielten sich eifrig.

Hinter ihnen schlenderte Art und trällerte hin und wieder Bruchstücke eines Liedes. Er kannte kein Lied ganz, aber von vielen einzelne Strophen und vermochte deren Weisen so harmonisch miteinander zu verbinden, glitt so allmählich von einer Melodie in die andere, daß zwanzig Minuten seines vielfältigen Geträllers einem vorkamen wie ein einziges Stück.

»Der Kerl hat ein großartiges Gehör«, meinte Patsy, »der könnte mit Musik ein Vermögen verdienen.«

»Er ist Musiker«, erwiderte Caeltia. »Das ist sein Beruf bei uns daheim, und wie Ihr seht, hat er auch Freude daran.«

Patsy war hochgestimmt. Nun er erfolgreich Geschehenes ungeschehen gemacht hatte, war eine Last von ihm genommen. Aber die Sache war immer noch so gegenwärtig, daß sie ihn nicht ganz losließ. Sein Kopf war erfüllt von den Abenteuern der letzten Tage, und obwohl er nicht von ihnen sprechen durfte, konnte er sie doch betasten, befingern, untersuchen, den Deckel von seinem Geheimnis heben und wieder daraufstülpen und darüber lachen, daß diejenigen, die es anging, nicht wußten, wovon er redete, und gleichwohl redete er mit sich selbst oder Eingeweihten in kühnen, treffenden Gleichnissen. Ein kindisches Spiel für einen, dessen Jugend zwanzig

Jahre her war, aber eines, das oft von den ernsthaftesten Geistern gespielt wird. Mit verschmitzter Sorglosigkeit wandte er sich an Caeltia: »Jetzt sind wir bald da.«

»Stimmt«, war die Antwort.

»Euch wird auch wohler sein, denk ich mir, wenn ihr eure Gewänder wieder anhabt?«

»Ich habe sie nicht sehr vermißt.«

»Hoffentlich sind eure Flügel und die ganze großartige Ausrüstung in Ordnung.«

»Zweifelt Ihr daran?« gab der Seraph zurück.

»Wenn sie euch nun gestohlen worden wären?« gab Patsy zu bedenken. »Dann säßt ihr schön in der Patsche, Mister.«

Caeltia paffte gelassen seine Pfeife.

»Sie sind gestohlen worden«, sagte er.

»Was?« rief Mac Cann heftig.

Der Seraph wandte sich ihm zu, die Augen voller Gelächter.

»Aye, so ist es«, sagte er.

Mac Cann schwieg einige Sekunden, doch länger wagte er nicht zu schweigen.

»Ihr macht mir Spaß«, sagte er brummig. »Wovon sprecht Ihr überhaupt?«

»Finaun und ich wußten alles«, sagte Caeltia, »und haben uns überlegt, was derjenige wohl tun wird.«

»Und was hat er getan?« fragte Patsy ärgerlich.

Caeltia steckte die Pfeife wieder in den Mund.

»Er hat sie zurückgebracht«, sagte er.

»Andernfalls«, fuhr er fort, »hätten wir sie selber wiederbeschaffen müssen.«

»Hättet ihr das denn gekonnt?« fragte Mac Cann demütig.

»Wir hätten sie zurückbekommen. Es gibt nichts auf der Welt, was uns beiden standhalten könnte. Es gibt nichts auf der Welt, was auch nur einem von uns standhalten könnte.«

Patsy zeigte mit einem Ruck seines Daumens dorthin, wo Art die Anfangs-Takte von »Der Wind, der schüttelt die Gerste« sang.

»Würde der Junge nicht helfen?« fragte er. »Wie alt ist er eigentlich?«

»Das weiß ich nicht«, lächelte Caeltia. »Er erinnert sich an mehr als einen Tag des Großen Atems, aber er hat keine Macht, weil er noch kein Leben gelebt hat und daher keine Erfahrung erwerben konnte. Helfen könnte er schon, denn er ist sehr stark.«

»Hättet Ihr Cuchulain damals besiegen können?« fragte Patsy zaghaft.

»Ich bin älter als er«, erwiderte Caeltia, »und das bedeutet, daß ich weiser bin als er.«

»Aber er war doch mit euch droben, er hätte die Tricks lernen können.«

»Es gibt in dieser Welt und den anderen Welten nichts Verborgenes. Es gibt nur das Wissen, aber keiner kann mehr lernen, als sein Kopf aufzunehmen bereit ist. Deshalb ist Stehlen kindisch und ohne Bedeutung.«

»Es füllt den Magen«, wandte Patsy listig ein.

»Ja, der Magen muß gefüllt werden«, sagte Caeltia. »Das ist eine Notwendigkeit und geht allen Eigentumsrechten und erzieherischen Moralbegriffen vor; das Problem ist nur für Kinder schwierig. Er wird gefüllt durch die Luft, den Wind, den Regen, den Staub und die winzigen Lebewesen, die den Staub bewohnen. Nur einen einzigen Besitz lohnt es sich zu stehlen, seine Eigentümer vermissen ihn nicht, obwohl jeder Mensch, der ihn besitzt, ihn allen Menschen willig darbietet.«

»Jetzt versucht Ihr zu reden wie Finaun«, sagte Patsy niedergeschlagen.

Danach gingen sie zehn Minuten schweigend miteinander. Jede Spur von Verschmitztheit war von Mac Cann gewichen, er war ein armseliger Tropf, der Angst hatte und dessen Eitelkeit verletzt war. Diese außergewöhnliche Kombination von Gefühlen stürzte ihn in eine so tiefe Depression, daß er ohne Hilfe nicht wieder herausfand.

Nach kurzer Zeit sagte Caeltia: »Eins würde ich gern sehen, lieber Freund.«

Mac Canns Antwort kam bedrückt, er mußte seine schlaffen Gedanken erst mühsam aus der Tiefe heraufholen.

»Was denn, Euer Gnaden?«

»Ich sähe es gern, wenn das Geld im Vorbeigehen in den Graben geworfen würde.«

Patsys Niedergeschlagenheit löste sich auf, wie beim Aufflammen einer Fackel oder beim Trompetenton nahender Gefahr. Er witterte in die Luft und schnaubte wie ein Pferd.

»Donner und Doria«, sagte er. »Ihr macht mir... Aber das hat doch keinen Sinn«, unterbrach er sich scharf.

»Ich sähe es gern. Aber es muß jeder genau das tun, was er zu tun imstande ist.«

»Ich sag Euch doch: es hat überhaupt keinen Sinn. Gebt mir eine vernünftige Aufgabe, und ich tu's in Gottes Namen.«

»Es ist das einzige, was ich gern sähe.«

»Was hat's für einen Sinn, mich zum Narren zu machen?«

»Hab ich etwas verlangt?«

Und wenige Schritte weiter: »Na ja, was ist das schon«, sagte Patsy stolz, steckte die Hände in die Taschen und zog sie gefüllt mit Gold- und Silberstücken wieder heraus. »Ein Schlenkern mit der Hand, und es ist weg«, sagte er.

»Das ist alles«, sagte Caeltia, »und ganz einfach.«

»Ist es«, knurrte Patsy und holte mit dem Arm weit aus. Doch er ließ die Hand wieder sinken.

»Moment«, sagte er und rief Eileen Ni Cooley zu sich heran. »Geh doch mit uns, Eileen, tu nicht so fremd. Ich will dir was zeigen.«

Vor ihren Augen öffnete er die Hand, und darin funkelte und blitzte Gold.

Sie sah es mit der Ehrfurcht eines, der Zeuge eines Wunders wird.

»Das ist aber viel Geld«, schnaufte sie.

»Es sind fünfzehn Pfund in Gold und ein paar Schilling«, sagte Patsy. »Und nun sieh mal, was ich mir draus mache.«

Damit holte er aus und schleuderte das Geld mit aller Kraft von sich.

»Soviel mach ich mir aus dem Zeug«, sagte er und griff sie am Arm, um zu verhindern, daß sie zusprang und es wieder zusammenlas.

»Komm, liebe Frau, laß die paar Pfennige liegen.«

Da sprach Caeltia: »Auch ich muß etwas wegwerfen, weil es mir sonst zu lieb wird.«

»Was denn?« fragte Mac Cann neugierig.

»Die Pfeife hier«, erwiderte der Seraph und balancierte sie am Mundstück.

»Werft doch nicht die gute Pfeife weg!« rief Eileen Ni Cooley. »Geh ich denn heut neben ein paar Verrückten?«

Patsy fiel ihr ins Wort. »Wartet einen Moment. Gebt mir Eure Pfeife und nehmt die hier dafür.«

Er nahm Caeltias silberbeschlagene Bruyère und reichte dem Seraph seine eigene Tonpfeife.

»Die hier könnt Ihr wegschmeißen«, sagte er und schob Caeltias Pfeife rasch zwischen die Zähne.

»Es geht auch so«, sagte Caeltia betrübt.

Er packte die Pfeife am Stiel und zerbrach sie mit einer raschen Bewegung. Der Kopf fiel zu Boden, und ein kleiner fester Pfropf qualmender Tabak sprang beim Aufprall heraus.

»So, das wäre getan«, sagte Caeltia.

Er schleuderte den abgebrochenen Stiel beiseite, seufzte tief auf und wanderte weiter.

Eileen Ni Cooley war wütend.

»Padraig«, sagte sie, »wieso hast du das viele Goldgeld weggeschmissen, und das silberne dazu?« Patsy blickte sie mit dem ruhigen Auge eines Königs an.

»Komm, Eileen«, sagte er, »hak dich bei mir ein. Wir wollen's uns beim Gehen gemütlich machen, weil wir zwei uns lang nicht gesprochen haben. Caeltia will auch mit dir reden.«

»Das ist wahr«, sagte Caeltia.

Eileen legte ihren Arm in den seinen, und sie schritten kräftig aus, wobei sie ihn aus großen runden Augen voller Bewunderung und Staunen ansah.

»Du bist wirklich ein seltsamer Mensch, Padraig«, sagte sie.

»Ich nehme an«, sagte Patsy, »daß du heut nacht irgendwann wieder auf und davon gehst?«

»Nicht, wenn du willst, daß ich bleibe, Padraig.«

Damit wandten sie sich einem neuen Gesprächsthema zu.

35. KAPITEL

An diesem Tag machten sie keine Rast auf ihrer Wanderung, nicht einmal, um zu essen. Finaun drängte vorwärts, und sie aßen beim Gehen aus der Hand. Der Esel bewegte flott seine schlanken Beine, der Karren rumpelte, und seine Metallteile klirrten und plumpsten, wenn die Räder auf dem ausgefahrenen Weg rüttelten.

Sie trafen unterwegs niemanden.

Von den nahen Feldern kam der frische Duft von wildem Gras, das seinen lebendigen Atem an die Sonne zurückgab, und die Sonne schien, nicht wild, sondern ganz sanft, milderte ihr mächtiges Feuer durch schräge Strahlen. Über ihren Köpfen und auf weiten Schwingen segelten Vögel aufwärts, riefen dabei einen bestimmten Ton, wieder und wieder. Hier waren auch Bäume, ihre ernsten Schatten lagerten auf dem Weg, stempelten das goldene Licht mit schwarzem Prägestock, und ihre ernsten Stimmen flüsterten eifrig und leise, wie die Stimmen vieler Mütter, die ihre Kleinen an die nährende Brust drücken. So trällerten und sangen sie und schaukelten ihr üppiges Grün auf der Luft. Nachmittags erreichten sie den kleinen Berg, unweit von dessen Spitze die Prachtgewänder der Engel vergraben waren.

Als sie fast eine Stunde bergan gestiegen waren, streikte plötzlich der Esel.

Er blieb stehen und war durch nichts zu bewegen, in dieser Richtung weiterzugehen. Ja, er drehte den Karren sogar vollständig um seine Achse, so daß seine Nase und die Holme des Karrens in eine Richtung wiesen, die er für vernünftig hielt.

Sie machten halt.

»Da geht er uns nicht rauf«, sagte Mary und zog das lange Maul an ihren Busen.

»Stimmt«, sagte ihr Vater. »Laß den Esel, Mary! Laß sein Maul los und führ dich nicht so unchristlich auf.«

»Kümmer dich doch nicht drum, was geht's dich an?«

»Ich kann's eben nicht ausstehen, wenn eine Frau einen Esel küßt.«

»Wenn du nicht hinschaust, siehst du es nicht.«

»Du machst mir Spaß«, sagte ihr Vater streng.

Achselzuckend wandte er sich an Finaun: »Das hat das Vieh schon mal gemacht, als wir einen hohen Berg in Connaught raufwollten. Ich hab ihm damals fast das Fell vom Rücken geprügelt, aber es wollte keinen Schritt weiter. Wohlgemerkt, Mister, es ist ein gutes Tier. Wir sollten vielleicht einen weniger steilen Weg auf den Berg suchen.«

Finaun fütterte den Esel mit Grasbüscheln, und dieser fraß sie mit Appetit.

»Es ist unnötig weiterzugehen«, sagte Finaun. »Wir sind schon fast in Sichtweite von der Stelle und können hier Abschied nehmen.«

»Oh, wir lassen das Vieh stehen«, rief Mac Cann, »und gehen alle mit euch hinauf, um euch nachzuschauen.«

»Es ist besser, wir trennen uns hier«, sagte Finaun freundlich. »Wir möchten ganz zuletzt nicht mehr gesehen werden.«

»Macht, was ihr wollt«, sagte Patsy mürrisch.

Finaun, der Mac Cann ein Stück überragte, trat neben ihn, legte die Hände auf Patsys Schultern, segnete ihn mit gewählten Worten und küßte ihn dann auf beide Wangen.

»Donner und Doria«, sagte Patsy.

Finaun tat das gleiche mit Eileen Ni Cooley und Mary, er küßte beide auf die Wangen, legte dann die flache Hand auf das Maul des Esels und segnete auch das Tier. Danach erstieg er mit mächtigen Schritten den Berg.

Caeltia trat auf Patsy zu, aber Mac Cann war jetzt verlegen. Er war von einem Mann geküßt worden, deshalb entzündete er seine Pfeife und behielt sie zur Sicherheit im Mund.

»Ihr geht also jetzt?« fragte er Caeltia und qualmte wie ein Schornstein.

»Ja, ich gehe jetzt«, entgegnete Caeltia leise.

Patsy nahm die Pfeife aus dem Mund und legte sie dem Seraph in die Hand.

»Da«, sagte er, »zieht noch ein letztes Mal und findet Frieden.«

Caeltia nahm sie, rauchte sie und fand Frieden.

»Ich geb euch den Spaten aus dem Karren«, fuhr Patsy fort, »weil ihr doch die Sachen ausgraben müßt. Da ist er, und es ist mir egal, ob ich ihn wiederkriege.«

»Nun heißt es Lebewohl sagen«, erklärte Caeltia und schulterte den Spaten. Er gab Patsy die Pfeife zurück, der sie sofort in den Mund steckte.

Caeltia streckte ihm die Hand hin, und Mac Cann legte die seine hinein. Während ihre Hände sich umschlossen, wurde Patsy von plötzlicher Reue ergriffen.

Er nahm den Seraph beiseite: »Ich hab Euch beschummelt, als ich das Geld aus der Tasche gezogen und weggeworfen hab.«

»Ach ja?« meinte Caeltia.

»Ich hab eines von den Goldstücken durch die Finger rutschen lassen, und jetzt liegt's auf dem Grund meiner Tasche. Aber ich will es wegschmeißen, mein lieber Herr, wenn Ihr es sagt.«

Caeltia sah ihn an, und um seinen Mund lag ein Lächeln größter Befriedigung. »Wenn ich Ihr wäre«, sagte er, »würde ich es behalten.«

Mac Cann nickte ihm bedeutsam zu. »Ich werde es behalten«, sagte er ernst, »und es ausgeben.«

Dann verabschiedete sich Caeltia von den übrigen und stapfte bergan, den Spaten in der Hand balancierend.

Das Goldstück brannte in Patsys Tasche. Zu Art gewandt, sagte er: »Art, mein Junge, hier ist meine Hand, und viel Glück auf den Weg. Gebt das Rumgerenne und Bäumeklettern auf, dann seid Ihr prima. Ihr habt ein paar geschickte Hände, das ist was Feines, und außerdem habt Ihr ja die Musik.«

»Lebt wohl«, sagte Art, und sie schüttelten sich die Hände. Auch Eileen Ni Cooley ergriff seine Hand, dann schritten sie und Patsy zum Karren und zogen samt dem Esel bergab.

Mary stand vor Art, sah ihn aber nicht an. Sie wandte ihr ernstes Gesicht ab und sah zur Seite, dorthin, wo der Abendsonnenschein golden auf den rauhen Hängen schlummerte. Sie streckte ihm die Hand hin.

Er nahm sie, hielt sie zwischen den seinen, hob sie an die Lippen und preßte lange seinen Mund darauf. Er ließ sie fallen, trat einen Schritt zurück, sah Mary an, legte dann die Hände in einer unbeherrschten Geste zusammen, wandte sich um und folgte rasch seinen Gefährten.

Diese beiden hatten nie ein Wort miteinander gesprochen.

Nahe der Bergkuppe traf er auf Finaun und Caeltia, und sie gingen zu dritt weiter.

Bald erreichten sie die Stelle am Weg, wo sie in ihrer ersten Nacht auf Erden geschlafen und an einem sonnigen Morgen die erste Mahlzeit eingenommen hatten. Wenige Schritte davon sahen sie den Baum.

Dort grub Caeltia, bis er die Säcke freigelegt hatte. Er zerrte sie aus dem Erdreich und öffnete sie, und jeder Engel zog sein Eigentum aus dem wirren Haufen.

Finaun hatte es eilig und war in Gedanken. Er kleidete sich hastig um, während Caeltia weniger eilig die Kleider wechselte. Art aber saß auf der Erde und tändelte mit seinem Staat herum und schien in die Betrachtung des Grases neben sich versunken.

Finaun war fertig. Er stand hoch aufgerichtet da, eine königliche Gestalt, von glänzendem Purpur umwallt. Auf dem Kopf hatte er eine hohe, oben geschlossene

Krone, um den Hals eine schwere Goldkette und vor der Brust eine breite Goldplatte, die funkelte. Er sah die anderen an, nickte ihnen zu und sprang dann. Nach dreißig Metern glänzte die Sonne auf seinen Flügeln, und er glich einem Teil des Regenbogens.

Jetzt war auch Caeltia bereit, stand da in Goldbrokat mit lieblichen Ornamenten aus gehämmertem Silber. Noch einmal überflog sein Auge die träumende Landschaft, dann lächelte er Art zu, sprang empor und hinaus und schwebte in blendendem Licht gen Himmel.

Art richtete sich auf.

Er wog die rote Robe mit dem eingewebten Goldmuster in der Hand, die roten, an den Fersen gefiederten Schnürstiefel, die weite, kurzzackige Krone und legte dann alles wieder hin. Kurze Zeit stand er da und blickte den Weg hinunter, und die leuchtenden Federn hingen ihm lang von der Hand herunter.

Plötzlich runzelte er die Stirn und rannte, die Flügel hinter sich herzerrend, bergab.

Nach fünf Minuten kam er zu der Stelle, wo sie den Esel zurückgelassen hatten, doch der war nicht mehr da. Viel weiter unten sah er ihn auf dem gewundenen Weg ruhig dahinziehen. Mac Cann und Eileen Ni Cooley gingen nebeneinander, und Patsy hatte den Arm um die Frau gelegt. Art blickte sich um und sah nicht weit davon das Mädchen neben einem Gebüsch. Sie lag auf der Brust, ohne sich zu rühren, und hatte das Gesicht in den Boden gedrückt.

Er ging zu ihr.

»Mary«, sagte er, »ich bin gekommen, um Lebewohl zu sagen.«

Sie fuhr auf wie erschrocken, kam auf die Füße und sah ihn nicht an. Es war das erste Mal, daß diese beiden miteinander sprachen. Er neigte sich beschwörend zu ihr.

»Ich bin gekommen, um Lebewohl zu sagen«, wiederholte er. Noch einmal legte sie ihre Hand in die seine.

»Sagt Euren Spruch und geht«, sagte sie und sah ihn dabei streng an.

Er ließ ihre Hand los, seine Augen flammten, er stampfte mit dem Fuß auf, holte mit beiden Armen aus, griff nach den Flügeln und riß sie mit einer ungestümen Bewegung entzwei, legte die Hälften zusammen und zerriß sie noch einmal. Mit einer raschen Handbewegung ließ er die bunten Federn im Wind auf und davon flattern.

»Alsdann«, sprach er lachend.

»Oh«, stammelte sie und starrte ihn angstvoll und ungläubig an.

»Und jetzt wollen wir den anderen nachgehen, du und ich«, sagte er.

Doch Mary weinte, und während sie den schmalen Weg hinabschritten, legte er ihr seinen großen Arm um die Schultern.